カラー口絵 1
地蔵久保のオオヤマザクラ
34 ページ及び 98 ページ

カラー口絵 2
飯田市立美術館前の安富桜
12 ページ

カラー口絵 3
杵原学校の彼岸しだれ
15 ページ

カラー口絵 5
麻績の舞台桜
18 ページ

カラー口絵 4
黄梅院の彼岸しだれ
14 ページ及び 17 ページ

カラー口絵 6
東漸寺の彼岸しだれ
23 ページ

カラー口絵 7
安養寺のしだれ桜
28 ページ

カラー口絵 8
須沼の田打ち桜
30 ページ

カラー口絵 9
豊科本村の大しだれ
33 ページ

カラー口絵 10
リベルテ通り（奥に凱旋門）
45 ページ

カラー口絵 11
サヴォア邸
58 ページ

カラー口絵 12
試合前のヤンキースの
ジーター（左はポサーダ）
63 ページ

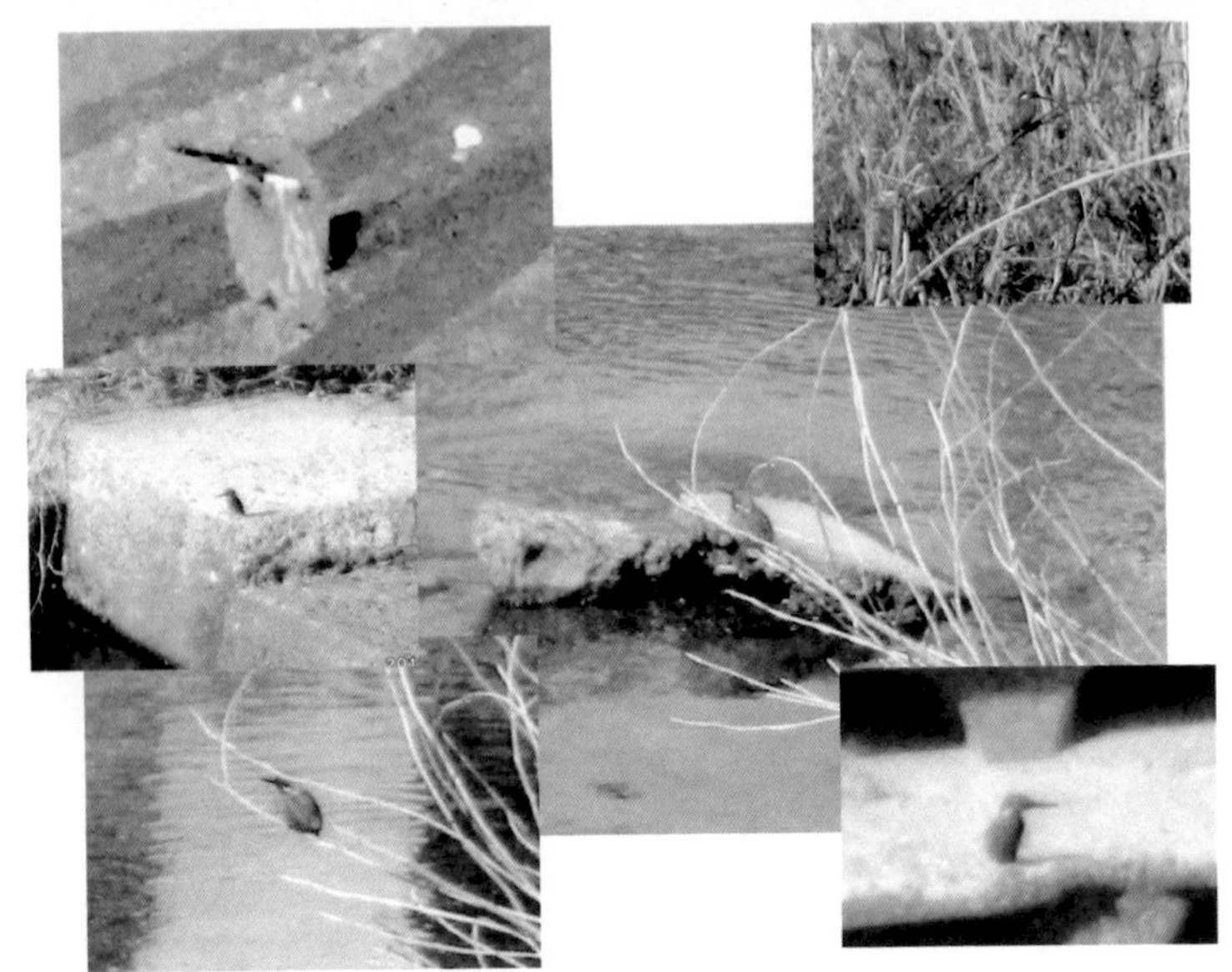

カラー口絵 13
長尾川のカワセミ
78 ページ

カラー口絵 14
早春の長尾川
91 ページ

カラー口絵 15
長尾川のヒガンバナ
93 ページ

カラー口絵 16
愛別岳を中心とした山並み
103 ページ

カラー口絵 17
上川公園の桜林と雪山
105 ページ

カラー口絵 18
天都山の大パノラマ
108 ページ

カラー口絵 21
オオヤマザクラ　大輪の花びら
118 ページ

カラー口絵 19
旧越川小の桜
111 ページ

カラー口絵 20
旧朱円小の桜
112 ページ

カラー口絵 22
オオヤマザクラの幹と若枝
118 ページ

カラー口絵 23
開学之地のオオヤマザクラ
118 ページ

カラー口絵 24
列島最後の花見（厚岸）
121 ページ

カラー口絵 26
かつてのワールドトレードセンター（ツインタワー）
128 ページ

カラー口絵 25
9.11 のモニュメント
128 ページ

カラー口絵 27
花束のような夾竹桃
132 ページ

なお本書掲載の写真は いずれも著者撮影のものである

夕暮れの風景　もくじ

夕暮れの風景　目次

1　信濃の桜

序　章

桜狂(ぐる)いの弁

退職したら、ぜひのんびりと楽しみたいと思っていた「桜行脚(あんぎゃ)」を、やっとすることが出来た。大学に勤める身には誠に都合が悪いことに、新学年が始まり大勢の新入生を迎える繁忙期と桜の時節とは全く重なるのである。いきおい桜を見に他所の土地へ赴こうとすれば、強行スケジュールになる。

ある春には、秋田県角館の武家屋敷のしだれ桜が満開と聞いた日曜の朝、その場で思い立って、日帰りで行って来た。東海道・東北・秋田の新幹線を乗り継いで、昼頃現地に到着、夜桜まで楽しんで東京まで戻って来られる時刻には、東海道新幹線の下り最終は出た後、しかし、当時は在来線に「ムーンライト長良」というのがあって、夜中の二時に静岡へ帰って来られた。私の観桜の歴史のなかでも忘れられない一日であった。

またある年、岡山県の山間部の「醍醐桜」を見に行ったときは、前日の夜、桜に近いＪＲの駅に何とか到着、あらかじめ取ってあった宿に一泊、翌朝タクシーで桜に逢いに行った。この桜は、そのころＮＨＫの特集番組に取り上げられて人気が出て、一躍全国区になった桜である。車が走行出来る道路が一本しかないため、当時、押し掛ける車の渋滞の中に四時間くらい閉じ込められないと傍に行けないという桜であった。後醍醐天皇が隠岐へ流される途中に見て賞賛したという伝承も持つ、樹齢一〇〇〇年とされるこの名うての桜を、朝から昼過ぎまで、心ゆくまで堪能した。四方から見える小高い場所にあるので、丘の周りを何度もまわり、近づいたり、遠ざかったりして飽きず眺めたものである。

そんな「桜狂い」にとって、数日かけて桜だけを見て歩く「桜行脚」が如何に夢の日々であるか、おわかりいただけるであろう。それは計画を作る段階からもう始まる至福の〈時間〉であった。

今回は「桜行脚」の地として、私は信濃の国を選んだ。直接のきっかけは、長野県のホテルで『信濃の一本桜』という写真集を見つけたことである。信濃毎日新聞社の発行、著者は大貫茂氏のこの本には、なんと一二〇本の長野県の一本桜の最も美しい時期の姿が収められている。そのヴィジュアルな魅力がまずたまらなかった。

そして私は以前に目をとどめて心を動かされ、コピーを取っておいた「信濃桜の話」という、民俗学者柳田國男の文章を思い出した。長く抽出しの中に忘れられ眠っていたものである。あらためて読んでみると、これが実に興味深い。昭和二三年に発表されたもので、民俗学者のものには珍しく、歴史的な文献資料も豊富で、柳田学にそういう一面があることを初めて知った。柳田によれば、「しだれ桜の大きなのが信州に多い」ということである。彼は「信濃桜」という名で呼ばれる桜の種類があったらしいこと、それが「花のうつくしい、且つ見事に成長する糸桜（しだれ桜）だったらしいこと」を考証し、糸桜がなぜ人々にもてはやされたかを民俗学的に考察したのである。つまり現代の信州にある桜のヴィジュアルな魅力だけではなく、その桜を今日に至るまで、何百年も見守り、育てて来た人々の心の歴史の上からも、信濃の桜は甚だ魅力的なものに思えたのである。

柳田の「信濃桜の話」については、後に詳述することにする。

なぜ一本桜か？

前説のついでになぜ「一本桜」を見に行くのかを書いて置く必要がある。

私は今、日本の桜の九〇パーセントを占めると言われるソメイヨシノをわざわざどこかへ見に行こうという気にはならない。この桜はよく知られるように、江戸時代の末に江戸の染井というところで植木屋さんが作り出した園芸種の桜である。花が豊富ではなやかであるとともに、散るときは一度に大量の花びらを散らす。苗木を大量に安価に作ることが出来る上に、丈夫で病虫害にも強いところから、明治以後大変な人気で各地に植えられた。

かつての城跡や、公園、川堤、新設の道路、学校などはかくしてソメイヨシノのオン・パレードとなった。桜と言えば、ソメイヨシノのことだと思っている日本人が多くなったのだ。もちろん、ソメイヨシノも咲きそろった「満開」、「見頃」、そして「落花盛ん」のときなど、それぞれに美しい。しかし、その美しさは、どの桜樹も皆似たようなもので、その桜の樹の個性はほとんどない。喩え（たと）れば、若い娘たちが—はなやかなしかし一様に同じような晴れ着をまとって—大勢群れているといった感じなのだ。ソメイヨシノにはマスとしての美しさはあるが、一本一本の樹の個性とか、どんなところに咲いているかという環境やら、どんな歳月を過ごして来たかという歴史などは感じられない。それに対して一本桜は、一本一本のそれぞれ違う顔や声を持っていると言ってもよい。

ソメイヨシノに対する私の偏見？には、評論家の小林秀雄の言葉が影響しているかもしれない。私は小林がこう言ったと記憶しているのだ。「（日本の桜は）ソメイヨシノという桜とはいえぬ桜のくずばかりになってしまった云々」—と。しかし最近これは誤解で、小林は、水上勉の『桜守』の中の人物のモデルだった桜の研究家笹部新太郎の言葉を、引用しただけだったということがわかった。しかし小林が何となくこの笹部の言葉に同感している匂いを私は感じたのである。「桜のくず」は明らかに言い過ぎだが、日本の桜がソメイヨシノばかりになってしまったという嘆きは、少なからず同感できる。

飯田へ向う

こうして私は四月九日、豊橋から生まれてはじめてJR飯田線の列車に乗った。なぜ飯田線かというと、このあたり（長野の人は南信という）が信州では桜が最も早い時期に咲く。豊橋を午前一〇時過ぎに特急ワイドビュー伊那路一号で出発、終点飯田に午後一二時四〇分に着く。

私の飯田線のイメージは子供時代のもので、当時のラジオのローカル・ニュース（当然テレビはまだない）の中によく出て来た。それは雨などによる土砂崩れで、飯田線が不通になったというニュースである。愛知県から長野県を走る鉄道なのだが、途中で一部静岡県を通る。飯田線の駅がある佐久間、水窪などは静岡県の地名として静岡県民になじみがある。またしても不通区間の生じた飯田線とは、いったいどんな山の中を通る汽車なんだろうとよく思ったものだ。

しかし魅力もあった。それは沿線の愛知県にある鳳来寺山には、「ブッポウソウ（仏法僧）」と啼くのでブッポウソウと名付けられた鳥がいると教わったことだ。しかし、今の科学知識では確かにこの鳥はいるが、「ブッポウソウ」は、実はコノハヅクというフクロウの仲間の啼き声だということだ。フクロウでもいい、一度鳳来寺山に行ってこの声を聞いてみたいと今でも思っている。

そんな次第で、今回飯田線に乗るのは愉しみだった。

列車はいつのまにか山の中に入って来たという感じになる。杉であろうか檜であろうか、真っ直ぐな木々が林立し、昔風ではない現代の民家があたりの山の風景に溶け込んでいる。桜が気になる。遠くの山に小さなピンクのかたまりが点在するのは、山桜である。おそらくは鳥が運んだタネがもとで、それが周囲に広がったのであろう。乗客があまりないので、運転席のすぐ後に移動して、前方の窓の中の風景を楽しむ。通過して行く駅は無人駅が多い。線路のカーブにさしかかり、踏切があるのであろう、列車は汽笛を鳴らす。本長篠、湯谷温泉……。赤く塗った鉄橋が頭の上を横切る。左右は深い木立で空が見えない。こんないわば小さなVの字の谷底を走って行くのだから、大雨の時は土砂崩れも起きただろう。少し空が見えた。いい風景がすぐ飛び去ってしまう。中部天竜付近では、天竜川上流がときどき見える。青い静かな流れである。

やがて山々が後退し、盆地の底の小さな平地が現われる。建物が多い。信州の小京都「飯田」に到着である。約二時間半、私は飽きることがなかった。

飯田は現在人口一〇万五〇〇〇人。平地といっても段丘とその谷といった変化がある。昭和二〇年代に大火で三分の一が焼失、そのとき街区が整然と区画され、都市計画のモデルとされているそうだ。行って見ると道路の分離帯のリンゴ並木、桜並木がユニークで、一七世紀以後小笠原氏、脇坂氏、堀氏の古い城下町だったというイメージよりも、今ではアルプスの山並みが見える、おしゃれな地方小都市といった印象が強い。でもしばらくいると、周囲には山があるし、ここかしこにしっとりと落着いた城下町の風情が感じられて、なるほど「小京都」だ。

二　章

飯田の桜—第一日—

ホテルに荷物をおいて、早速飯田の桜の散策である。まず飯田の最古の桜に敬意を表して、愛宕神社の「**清秀桜**」を見に行く。樹齢七六〇年、幹周り四・一メートル、樹高八メートルのエドヒガンである。大きな幹枝二本のうち一本は残念ながら枯れている。枯れた幹の金属の支柱が残っているから、枯れたのはわりに最近かもしれない。最古は当然最大ではない。全体の印象としてやや小ぶりである。落雷で上の方が折れたこともあったらしい。しかし、風格がある。仁治元年（一二四〇）、神社の前身「地蔵寺」に清秀法印という僧が植えたと伝えられる。仁治といえば鎌倉時代、風格があるのは当然かも知れない。

遠方に雪をいただいたアルプスが微かに見えた。

飯田の街を歩いて、美術博物館などの文化施設のある区域に行く。かつての飯田城の跡である。途中、古いが今も使われているどっしりとした洋風建築の小学校や、旧飯田城の赤門などがある。市立美術博物館の前に目当ての「**安富桜**」（**カラー口絵2**）が満開であった。樹齢四一〇年のエドヒガンで、樹高二〇メートル以上、幹まわり六・三メートル。ここは飯田藩の家老職であった安富氏の屋敷跡だったそうで、「安富桜」という名はそれによる。しかし「長姫（おさひめ）のエドヒガン」とも呼ばれていて、その名前で県の天然記念物の指定をうけているとか。（飯田城は長姫城ともいい、余分なことながら、飯田長姫高校というそれまでは無名校が昭和二〇年代の選抜に、光沢という小さな投手を擁して、あれよあれよという間に優勝した。野球小僧にはなつかしい記憶である。）

　この桜ものびのびと大きくなったという感じで、青空に腕をいっぱいに広げているようだ。こういう樹形を「立ち彼岸」ということを今回初めて知ったが、しだれている「彼岸しだれ」に対する名前かもしれない。桜樹の白い花の直ぐ前にサンシュユが黄色い花をつけていて、背景の雲一つない青空とあいまって、色彩が何とも言えずうつくしい。何と、花の上には下弦の昼の月が小さく、淡く、浮かんでいる。

　これは今回信濃桜を二〇本以上見たあとの、いわば結論だが、もし私がどれか一本を選んで、下手な時代小説に登場させるとしたら、この「安富桜」だと思った。藩の家老の屋敷にあったというのだから、私のイメージでは、若い凛々しいイケメンの侍が登場する。それも武道に励むありきたりの姿ではなく、難しい四書五経か何かに懸命に取り組んでいる姿である。勉強に疲れたこの侍がふと視線をとめた先に、この「安富桜」が咲いている。二〇〇年前の飯田城二の丸の、うららかな春の一日（ひとひ）の情景―。その先は、作者の空想、腕次第である。いずれにしても男性的、端正、知的というのがこの桜の印象である。

この後、飯田の街の古い地域と思われる江戸町という通りのあたりに点在する三つの寺のしだれ桜を順番に見る。黄梅院、正永寺、専照寺である。

「黄梅院の彼岸しだれ」（カラー口絵4）。この寺は、武田信玄の息女の一人の菩提を弔うために建てられた寺院がのちに移されたものだそうだ。桜も引越してきたかどうかはわからない。花の色が濃く、樹形もきれいだ。樹齢三五〇年という。この戦国の姫の生涯がどんなものだったか全く知らないが、この寺院と桜を見た後は、何だか気になる。この桜が出て来る小説は、当然彼女が主人公だ。まさに満開のうつくしい風情で立ち去り難かった。

「正永寺の彼岸しだれ」は片側が枯れて現在の姿はいたいたしい。盛時の写真が残るが優美な桜だったと思われる。この寺の境内から見える印象的な山の名を聞くと、風越（かざこし）山だという。男子校の飯田長姫高に対して、飯田風越高というのが女子校の名前だったそうだ。風越山を越して来る風は相当厳しかっただろうから、飯田の女性はさぞかし強かったであろう。今は時代が変って、共学校になっているのだろうな。

もう一つ**「専照寺の彼岸しだれ」（図1）**は、樹齢三五〇年、その根もとに置かれている釈迦如来像をまるで花傘のようにすっぽりとつつんでいる。この仏様は後世に作られたものらしく、穏やかで、どちらかというと、気の弱そうなお顔をしている。迷い多い信者が自分たちの仲間みたいな仏様だと思ったかもしれない。

最後に「杵原学校の彼岸しだれ」（カラー口絵3）を見に行く。飯田の一つ先の切石という駅から徒歩二五分とあるが、日も大分傾いて来たので、タクシーを拾って行くことにする。これは正解だった。日没前に着けて、夕陽の中の校舎の桜を堪能する。この校舎は旧山本中学校杵原校舎というのだそうで、昭和六〇年にはすでにその役目を終え、今は生涯学習の場として利用されているという。それにしても校舎には夕陽が似合う。まるで「あかい夕陽が校舎を染めて……」の舟木一夫の世界みたいで、こんなことを言うのは気恥ずかしいが、似合うのだから仕方がない。特にこの校舎は平屋の長い校舎で、その真ん中あたりの真ん前に桜が左右にひろがってあるので、左右均整がとれて誠にバランスがいい。フォトジェニックな桜である。三脚を立てて多分、ライトアップの時間を待っているらしいカメラマンが数人いたが、ライトアップの照明の光よりも、夕陽の少し赤い光の中の方がこの桜には数段いいはず、と思ったものだ。ああそうそう、名前だけ聞いたことがある「母べえ」という吉永小百合主演の映画の舞台になったそうだ。やはりフォトジェニックなのである。

図1　専照寺の彼岸しだれ

飯田の桜―第二日目―

二日目は飯田線を細かく乗り継いで、各駅からは原則徒歩で桜を見に行き、また飯田線に乗って次に向うという計画だった。これぞ行脚である。ところが現地に来てみると思わぬ障害があることがわかった。伊那、駒ヶ根などの南信でも北の方の桜はまだ一週間早いこと、飯田線の列車は一時間に一本程度で、人の移動の少ない日中（一〇時から一一時）は三時間に一本であることなどはわかっていたので、それなりに計画を練っていた。

想定外だったのは、小さい降車駅がほとんど無人駅で、コインロッカーもなく、タクシーもないということだった。小旅行ではあるが、帰途東京によることもあって、キャリーバッグを引っ張って移動している。荷物の預け先などは、車で移動するのみの現代の旅人―これは〈旅人〉という詩的な響きを持つことばには値しないかもしれない―には無縁のものであろう。しかしこんな苦労をしたり、時にはゴロゴロひっぱっても歩く所に本当の〈旅〉の醍醐味があり、それを味わってこそ〈旅人〉と「負け惜しみ」を言っておこう。

この障害を現実的に乗り越えるために、「残念ながら」急遽、飯田駅を始発とする「飯田の桜―マイクロバスの旅―」に乗ることにした。荷物は駅に預けた。バスの発車が少し先なので、駅の待合室で少し早い昼飯を食べることにする。

今日は近くで買った五平餅である。国内でも海外でも、昼食はなるべくその土地のものにするのが、わが家の昼飯の趣味である。もっとも五平餅が本来、信州のものかどうかは知らない。

小さなツアーで地元のガイドがつく。この説明が申し訳ないが、時として問題で、ツアーを避ける理由でもある。仕方がない時はいつも片耳で聞くことにしている。ヘンクツな年寄りである。一部昨日個人で歩いた市内とダブルのは仕方がない。午前と午後とでは同じ桜でも微妙に色が違う。日光の方向が違うからだ。黄梅院には、いさましい若々しい恰好の自転車乗りのおじさんおばさんがグループでいた。スタイルと年齢、自転車乗り（最近は世上チャリダーというらしい）と桜のアンバランスがおもしろかった。

「中安のエドヒガン」「加賀沢のエドヒガン」「正命寺（薬師堂）の彼岸しだれ」「経蔵寺のエドヒガン」「飯田長姫高のエドヒガン」などを短時間降りたり、車窓からちらっと眺めたりして、廻ったことにする。ツアーの常である。この中の経蔵寺の山門というのは、明治初めに廃藩置県で取り壊された、飯田城の桜丸御門という門を移築したものだそうで、飯田城の数少ない遺構だとか。後で知った話で、もっとじっくり見たかった。建造は安土桃山にさかのぼるという。

今日のメインと考えていた元善光寺駅から行く桜たちを見る順番になる。まず「飯沼諏訪神社の石段桜」というのをバスをとめて車窓から写真だけ撮る。石段の両側にエドヒガン、彼岸しだれ、ソメイヨシノなどを混植したもので、桜の色の違いがきれいである。素人好みの桜である。

次の**「石塚桜」**というのが写真集『信濃の一本桜』にも見えない桜で、いわばサプライズだったが、なかなか面白い桜だった。まず古墳の上に植わっている。傍にある説明ボードによると六世紀後半の円墳で、近くにもう一つあるという。横穴式の石室が掘り出されていて中に入ることができる。この地に住んだ豪族の墓であろうが、桜はもっと時代が経ってから、農作業の暦にした、いわゆる「営農桜」（種まき桜とか田打ち桜などともいう）として植えられたものか。あるいは最初は死者の霊魂を祭る桜であったものが、後に営農桜になったのかもしれない。いずれにしても最初に植えられたものの子孫であろう。

このあたりの桜は、いずれも目の前に広がる平坦地より一段高い丘陵の上にある。この平地に暮した農民は、田畑のどこからも見えるこの「石塚桜」や次に書く「舞台桜」などの桜を仰いで、何百年も何世代も、この土地に生きたのであろう。その姿を、南に遠くかすむ南アルプスの山並みや、今、肉眼にはとらえられないがここを流れている天竜川の川筋とともに、私は、しばし幻視しているような感覚にとらわれていた。

このあたりは「麻績（おみ）の里」といわれるから、田畑による農業だけでなく、麻布を紡績する技術もあったのだろう。ここに**「麻績の舞台桜」（カラー口絵5）**と呼ばれる、飯田でも最も人気のある彼岸しだれがある。なぜ舞台桜というかというと、明治六年この桜の傍らに、一階を歌舞伎舞台に二階を小学校の教室とする建物が建てられたからである。めずらしい例だが、歌舞伎の舞台というのが、この地の豊かさと文化の高さを偲ばせる。この桜の現住所？が飯田市座光寺市場という所で、「座光寺」という寺との関係、「市場」との関係、「舞台」の具体的な内容等分らないことが多い。地元の観光パンフレットの類いには、こういう質問に答えてくれる記述は見つけられなかった。ただ学校は昭和五九年まで続いたことが、桜の傍の立札でわかる。

桜は、彼岸しだれでところどころに八重の花びらが混じるタイプだが、その八重の花弁が五枚から一〇枚と数が定まらないところが珍しいらしい。肝心の花の美しさは、色といい、樹形といい申し分ない。ただ強いて辛口に評するならば、申し分ないところが優等生や美人コンテストの優勝者に似ていて、そこがつまらないとも言える。そういう意味でも、だれが見ても立派な名桜である。樹高は一〇メートル、幹周りが五メートル。大きすぎないところも愛される理由かもしれない。樹齢は三五〇年とも四百年ともいわれる。飯田の桜にこのくらいの樹齢のものが多いのは、その頃の脇坂安元という藩主が「阿弥陀の四十八願」という願を立て、各地の社寺などに桜を植えた、その桜だろうと言われるようである。「舞台桜」はまさにその代表格なのだろう。桜のまわりに高齢者の車椅子の一団があった。この人々が一心に桜を見ている情景はなかなかいい。桜には子供と老人が、そしてもう一つ、御墓が似合う―というのが私のかねてからの持論である。

柳田國男「信濃桜の話」を敷衍（ふえん）する

柳田國男が「信濃桜の話」に書いていることを少し敷衍しておく必要がある。彼は、信州にしだれ桜の多いことに一〇年以上前から気づいていたが、その後気をつけてみると信州だけに限らず、京都より東のいくつかの諸国に老木のしだれが沢山あり、その在り処は神社仏閣、その他霊地と言ってよい場所だという。あまりにも同じような処にあり、枝振りや花の姿の特色も目立って同じようである。柳田はどこかに元木があり、接ぎ木とり木の技術、種を拾い実生を育てる手数、これを遠近に運ぶ労働があって、今のように広い地域に行き渡ったのだろうと想像する。

柳田が「信濃桜」の名をはじめて見つけたのは、一五世紀の京都の公家近衛准后政家という人の『後法興院記』という日記であった。文明一六年(一四八四)一〇月二四日の条に「前庭に信乃桜十本を植う」とあるのがそれである。同記には他にも「屏門外に信濃桜四五本を移植す」とあったり、「前庭の糸桜」が何度も出て来て、この信濃桜が糸桜すなわちしだれ桜であったことがわかるという。柳田は、この時代、上流の貴族の間に蹴鞠(けまり)が流行しており、いわゆる懸りの樹の好みがしだれ柳やしだれ桜であったのだろうとする。(蹴鞠は庭上四隅に植えた懸りの樹の下枝より高く、鞠を続けて蹴り上げる遊戯だった。)

またこれより少し前の『看聞御記』という皇族の日記にも「庭前の信濃桜一本を仙洞(前天皇、すなわち上皇)に進(まい)らす」という記事が見えるそうだ。ただ柳田は、庭に植えたり、蹴鞠の懸りにしたしだれは一種の「転変」であり、「忘却」であったのだろうという。民俗学の扱う事象には、本来の意味が変ってしまったり、忘れられてしまうものがよくあると見える。

ともあれ、中世において「信濃桜」と呼ばれる桜が京都に植えられたことは確かで、この桜の故郷としては当然信濃が考えられる。しかし柳田はその桜ももとは京から運ばれた可能性もあること、同じようなしだれ桜が、山形や仙台や角館にあって、京と東北各地の相互間にその流布が考えられることも指摘する。（いささか脱線するが、『細雪』の平安神宮のしだれ桜は京都から東北にもたらされたものが、明治になって京へ里帰りしたものであることがよく知られる。）しかし柳田の最大関心事は、その流布のあとづけをするよりも、「何故にこういう枝のしだれた糸桜が、もとは限られたる一地域の産であり、後に広く国中にもてはやされるに至ったか。単なる珍奇をめでる心より以外に、何かその背後にこれを重く見なければならぬ、古来の感覚があったのではないか」ということであった。民俗学者らしい問題意識である。

そして柳田は一つの仮説として、「神霊が樹に依ること、大空を行くものが地上に降り来たらんとするには、特に枝の垂れたる樹を択（えら）むであろうと想像するのが、もとは普通であったか」とする。昭和一二年に発表した「しだれ桜の問題」という文章で、柳田はすでにしだれている桜・松・栗などの樹木への関心を示して、ことによると「霊場ことに死者を祭る場所に、ぜひともしだれた木を栽（う）えなければならない」という考え方が前代にはあったかもしれないことを述べている。

また「墓地や行旅死亡者を埋めた場所を標示すべく、特にしだれた桜の若木を持って来て栽えたということも、単にその土地が常用に供すべからざる一区画なることを人に知らしめる目的以外に、人間の魂魄（こんぱく）もまた蒼空を通って、祭られに来るものと信じていた痕跡も想像し得られる」という。

この柳田の論は、飯田の桜を見て来た実感から、説得力のあるものと思う。それらは神社や寺に多く、神仏の霊をまつり、時に死者を弔う意志によって選びとられ、植えられたものであった。

だが柳田が必ずしも明確に述べてないことも、飯田の桜を見て、私は言わなければならないと思った。まず「しだれ桜」と「しだれていない普通の桜」との間に明確な境界はなかったのではないか。飯田で初めて見た愛宕神社の「清秀桜」――あの樹齢七六〇年の飯田最古の桜は、しだれ桜ではなく、しだれていない普通のエドヒガンであった。飯田のバスツアーで見た「中安のエドヒガン」の樹下は墓地であったし、「加賀沢のエドヒガン」は加賀沢白山大神社の境内にある。「経蔵寺のエドヒガン」が寺の桜であることは説明を要しない。つまり、神仏を祭ったり死者を弔うための桜は、必ずしも常にしだれ桜だったわけでもなく、立ちヒガンもあったのだ。おそらく「しだれ」の方が古態であったのだろうが、「しだれ桜」に古人が見た霊力は、桜一般にも広がったのであろう。

もう一ついわゆる営農桜のことである。ここでは柳田はこういう桜については何も言っていないが（他の著作にはあるのかもしれない）、農事暦を知るために植えたものだけではなく、近くにあった目立つ桜が二次的に農事暦として使われた例もあったのではないだろうか。麻績の里の、古墳の上にある「石塚桜」は、そういう例を明示しているように思われる。

さらに最後に桜を植える〈美〉学というものを、私は考えたいと思うのであるが、残念ながら民俗学者はそんなことは、考えないみたいだ。これは課題として残し、後で述べることとする。

三章　塩尻の桜

飯田行きからおよそ一週間後、ふたたび信州に向う。今回は中信と、もし咲いていれば北信のオオヤマザクラを見たいものだと思う。名古屋経由でまず中央線の塩尻を目指す。塩尻はかねて興味深いところだった。中世以来、塩の道の末端にあったところからの地名といい、松本と諏訪を結ぶ塩尻峠は、「太平洋側の表塩(おもてじお)と日本海側の裏塩(うらじお)の接触点だった」(『長野県百科事典』)。接触点というのがわかりにくいが、要はここには表塩も裏塩も両方運ばれて、在ったということだろう。表塩・裏塩は面白いことばで、裏塩の最北端の源流地がウラジオストクだった、なんていう軽口をちょっとたたいてみたくなる。

交通の要地だったから、武田氏と信濃諸将の連合軍の戦場にも度々なったという。江戸時代には中仙道の宿場だった。江戸板橋宿から三〇番目の宿である。

現代の塩尻は、諏訪のものが広がった時計・カメラなどの精密工業や、県下一のブドウ栽培にもとずくワイン製造が盛んな地方都市である。

しかし、今回はそんなものには目もくれず、「桜」である。宿場も鉄道駅も、塩尻の一つ名古屋側(木曽側)に「洗馬(せば)」というところがある。ここの**「東漸寺(とうぜんじ)の彼岸しだれ」(カラー口絵6)**をめざす。塩尻駅から地域振興バスというのが出ていて、それに乗るといいという話だった。しかし、あと一時間くらい待たないとこのバスは来ない。つまり地域住民の生活のバスであり、中央線の特急の到着時刻には接続していないということである。桜を見に来る人は想定されてないのだ。

「よおっし、絶対に見てやるぞ」と思ったものの、「車で二〇分」という距離を気軽に歩く元気は、人生からもう消え失せて久しい。「行脚」ということばは撤回しなければならないかもしれない。おとなしくタクシーのお世話になる。

しかし、この東漸寺及びその周辺の「桜」は実にすばらしかった。寺の境内に五、六本があったばかりか、周辺の別の寺や、民家の庭、はてはなんの変哲もない崖の上などに、しだれ桜が満開なのである。東漸寺のメインのしだれは、樹高二〇メートルもあろうかという巨木で、中の一本の幹が上部に伸びているため、花の塊が二層になっているいわば二段桜である。塩尻駅で仕入れた資料には、案の定、寺名も位置も寺の来歴もなかったが、一見の価値のある「花盛り」だった。桜の前に赤いよだれかけ?をつけた六体の地蔵が整列している。

寺の前の路上には一本の老桜が太い幹を見せて立っている。すぐ傍をときどき車が遠慮会釈なく通って、桜が気の毒なくらいだ。

後で『長野県の地名』という本で、この東漸寺のことを調べてみると、「開山の愚底の死去が永正一四年（一五一七）となっているので、室町中期の建立であろう。浄土宗。本尊阿弥陀如来」とある。寺内の巨木の桜は、大きいが勢いがあるので寺の創建より新しいと考えられる。『長野県の

図２　（本来の）東漸寺の彼岸しだれ

地名』は続いて、「寺の入口の道路わきの垂桜は周囲四・四メートルもあり、主幹がやや衰えを見せているが、地上四メートル上から出た側枝は発育も盛んで、市内最大の老木である」と書く。

そうなのだ。この路上の老桜こそ本来的な**「東漸寺の彼岸しだれ」（図２）**にちがいない。そして少し小さくなってしまった感じだが、約八十年前、柳田國男が「しだれ桜の問題」で、次のように書いた桜に他ならない。

「昭和五年四月のたしか二十六日、東筑摩の和田村を通って見ると、広い耕地のところどころに、古木のしだれ桜があって美しく咲き乱れている。近年野を開いたろうと思う畠の地堺などで、庭園の跡とも見えず、妙な処に桜があるというと、同行の矢ケ崎君は曰く、以前はもっと古いのがまだ方々に在った。そうして墓地であったかと思う処が多いということである。（中略）それから洗馬の村に行って見ると、ここでは東漸寺の門頭に一本の老樹が花盛りであった。檀家に死人のある前兆に、梢に提灯が点ったという伝説の木である。その他にもなお一、二本のやや若いのがあるだけでなく、寺にしだれ桜がある例ならば、何村にも何々寺にもと、居合わせた人々が指を折って列挙する。」

この柳田の文章と、この地「洗馬(せば)」の地名の由来から、私はまたしてもあるシーンを幻視した。一人の馬子が馬を連れて、この桜の下を通る夕暮れの後ろ姿の情景である。「洗馬」は文字通り馬を川などで洗うことで、このあたりの「洗馬の牧」「洗馬の庄」などの名は、平安時代の古文書に見えるという。馬はやはり塩尻まで塩を運んで来た馬であろう。馬子も馬も、直前まで「働いていた」ことがありありとわかる姿である。桜の梢の中に提灯が一つ点っている。このあたりに近く死人が出る前兆である。夕闇の中に桜も人馬も、提灯の明かりもぼおっと霞み、やがて闇の中に溶けて行く――とまあ、そんな幻視である。

生きものの〈生〉、そして〈死〉が交叉する、いかにも桜にふさわしい情景だと思うのだが、如何であろうか。

東漸寺の寺域だけでなく、あちらこちらに桜のピンクのかたまりが見えるのは、うれしい。上記の桜の路沿いに長屋門とそれに続く平屋の棟がある。庭内の桜が頭をのぞかせている。その隣といってもいい処には、福聚寺という寺があった。しかし境内といったものはなく、空き地に満開の桜数本と一棟の建物があるのみである。ここに一もとのすばらしい桜樹があった。花は赤みの濃い単弁の桜で、ひとつひとつの花が大きい。赤が濃すぎると最近人気の河津桜のように、南国的、庶民的な桜になって、美しい桜の条件である気品という点で欠けるのだが、この桜は清楚で気品がある。二三人の三脚を用意したカメラマンのおじさんとこの桜の品種を論議?する。一人が「オオヤマザクラに似ている」という。「そうだ、これはオオヤマザクラだ」と思った。以前に弘前に行ったとき、城の近くの桜の小さな植物園のようなところで見たことがある。「オオヤマザクラ」は大きい「ヤマザクラ」ではなく、そういう名称がついた品種である。

ものの本によると「オオヤマザクラは、北海道の山地に多いのでエゾヤマザクラ、あるいは紅色の花が咲くのでベニヤマザクラともいい、北海道では五月になってから咲く。（中略）本州中部では標高七〇〇～一〇〇〇メートルのところに生え、ヤマザクラより上部の山地に出て来る。」とある。また「四月の中旬から下旬になると、変化に富んだ花の咲く栽培のサトザクラが咲いてくる。（サトザクラは）オオシマザクラを主として、それにヤマザクラ、オオヤマザクラなどが交雑したものから改良選出された園芸品種の総称であって、一重、八重、色の濃淡、香りのよいものなど多数の品種がある。」ともあるので、この**「福聚寺の桜」**は、オオヤマザクラ系のサトザクラと判断するのが、最も適切な気がする。純正のオオヤマザクラとも考えられるが、少し時期が早い。

北信から新潟県も通る大糸線（大町—糸魚川）沿いに美しい「オオヤマザクラ」が多く、それは季節のめぐりがもう少し進まないと見られないことはわかっていたので、あきらめていた。それが「オオヤマザクラ」のおもかげを伝えるこの「福聚寺の桜」にめぐりあったのは、誰かのプレゼントとも思える。誰の?。もちろん桜の女神の、である。日が暮れかかり、寒気が感じられて来たが、

このはなやかで気品のある桜の下も、なかなか離れがたかった。（中略）

松本からの桜

翌日、松本は一日の予定なので、『信濃の一本桜』からぜひ見たい桜を三本だけ選ぶことにする。まず午前中に行ったのは**「安養寺のしだれ桜」（カラー口絵7）**である。松本から松本電鉄の上高地線に乗り、三溝（さみぞ）というところまで行く。ここに建立された浄土真宗の寺で、桜の時期は「浄土の世界さながら」といわれる。圧巻は、鐘楼北側にある水田を水鏡に、満開の姿を映す数樹のしだれ桜である。三脚とカメラを持った人々が多い。つまり見るよりも写真を撮りに来た人々だ。池に映るのではなく、水を張った水田に映るというのがよい。まだ苗は植えられていない水田は、泥田に水が張られたという感じである。それが素朴な感じで、こんなに野趣に富んだ桜は初めて見た。桜と日本人の関係の一つの原型を見たような気がする。

水田の桜が原型ならば、桜で連想される〈女性〉―日本の女性―の原型は「早乙女」かもしれないなどとふと思った。しかし、「万葉集」には「早乙女」は一度も出て来ないようだ。それによく考えてみると、桜の時節は「早乙女」が登場するには早過ぎる。桜と並んで水鏡をちらりとのぞく「早乙女」などを桜から連想してはいけない。

一度松本に戻り、午後からは大糸線に乗って、オオヤマザクラならぬヒガン桜を見に行く。安曇野市の「豊科本村の大しだれ桜」と大町市の「須沼の田打ち桜」である。十一時八分松本発。大糸線に乗るのは初めてである。二、三両しかない車両は新しく、かつての国鉄のローカル線といったイメージはみじんもない。ただ乗務員は一人または二人で、一人のときは当然運転手が車掌をかねる。駅によっては停車すると後の降り口まで急いで移動する。たいへんだ。窓の景色に北アルプスの白い山なみが見えていて、いかにも北国の列車である。

先に遠い方の大町に行くことにする。大町市でも最も南のあたり、これから先は来年以降、オオヤマザクラの満開を見に来る時に通ろう。十一時五四分到着。降車駅の「安曇沓掛（あずみくつかけ）」は無人駅の一つで、このときこの駅から乗車した客は一人もなく、降りたのは私一人だった。「駅から徒歩五分」というのを頼みに、あたりを見回すが、桜など見えはしない。尋ねようにも店がなく、道を歩く人が居ない。たまに通るのは、ここには用がないとばかりに疾走する車のみである。一台の車が向いの家の前庭に入り、一人の女性が降りた。この家のお嫁さんみたいだ。この人を逃したらタイヘン！大急ぎで道をわたり、声をかける。

「須沼の田打ち桜？」「田んぼの真ん中にある桜だそうですが…」「ああ、それなら、あっち」指差してくれたが、桜は見えない。しかし方角だけはわかったので、礼を言って歩き出す。桜も高台にないと周辺の建物に邪魔されて見えないのだ。あたりは田畑と滔々（とうとう）と水が流れる用水路と、昔の田舎家とは全く違う現代の農家。電車から見た北アルプスがもっとよく見える。

路上で二人の女性が話をしている。人相？のよい人たちだったので「須沼の田打ち桜」を聞く。「そういう名前は聞いたことはないが、大きな桜ならあっちにありますよ」。「どこから来なさった?」と聞くので静岡というと、いたく感心されてしまった。一人の婦人が桜の見えるところまで一緒に歩いてくれる。途中で、「これがうちです」と指さしたのは、大きなお屋敷だった。ご主人は亡くなり、今は一人で住んでいるという。

本当に**「須沼の田打ち桜」(カラー口絵8)**は田んぼの真ん中にあった。田んぼといっても今は水はなく、平らな農地があるだけである。桜の背景は近くの山とその両脇にのぞいている雪の山々である。あとでこの婦人Y・Iさん(以下Iさんとする)に山並みの一番右が白馬だと教えてもらったが、青空なのにここだけ少し雲がかかって判別できなかった。何もない広々とした所に、桜と白く輝く山と青い空があるというのがすばらしかった。こんな清潔で簡素な桜の情景は見たことがない。

畦道から樹の下に降りて、松本駅で買って来た弁当を食べる場所を考える。駅の周りに店も飲食店も一切なかったから、いい判断だった。樹の下蔭には小さな祠が一つある。新しいところを見ると最近のものである。どういうわけか、まるで大きな鳥の卵のような白く丸い石が一つ、根もとに転がっている。

間近に見る満開の花はいい桜色をしていて、典型的なエドヒガンである。しかしこの木の樹齢は若く六〇年から八〇年と言われる。最初植えられたものの子桜でもあったか。田打ち桜というのは、当然この桜で「田打ち」の時期を知ったということである。「田打ち」とは、春の初め、耕作しやすくするために田をうちかえすことだという。しかし、Iさんは後で、この桜を見てそういう作業をしたことはないし、「田打ち桜」という名前も知らなかったと話した。この樹が初代の樹の子桜だったとすると、親の代のそういう役目はその後なくなったのであろう。前文（20ページ参照）で柳田が言った「忘却」である。

向うから婦人が乗った自転車が近づいて来た。私の様子を見に、そして今日は自分も桜を見に来たIさんだった。いつも農作業の合間に遠くから、ああ今年も咲いたなと見るばかりで、近くで見たことはなかったという。私が遠くから見に来たので、行ってみようという気になったそうだ。きれいに咲いていると感心する。カメラのシャッターを押してもらう。うちに来たらどうか、お茶もあるからと誘われるが、それもあつかましいので、今日は桜と一緒に食べようと思って来ているからと固辞する。しかし帰りに寄ることを約束させられてしまう。大糸線の上りの時刻は大分待たなければならない。寄ってあげよう。

桜と北アルプスを見ながら弁当を食べる。気持ちのいい野良である。今はあたりに働く人の影は見えない。桜を見に来る人もいない、と思っていると、車がとまり、テレビカメラが下りて来た。地元のケーブルテレビだそうだ。それをしおに腰を上げる。振り返る「田打ち桜」はやはり、遠くからロングショットでとらえるのが一番いい。

Iさんは喜んでくれる。大きなお宅で、立派な石組みと池がある庭がある。ここで彼女は今一人で住んでいる。七〇歳を超えたが、田んぼを一人でやっているそうだ。嫁いで来た夫はサラリーマン、舅は学校の先生、でも先祖代々の農家で子供がいなかったこともあって、彼女が農業の中心になっていったらしい。舅は最新の農機具を惜しげもなく買ってくれた。おかげで今も彼女は一人で、耕耘機を動かし、自動田植機を操作できる。嫁いで来た頃は、田植えなどの繁忙期には三〇人の人々を手伝いに頼んだ。お昼の支度が彼女の仕事だった。あるとき手伝いの人たちから「嫁っこが来たら、このうちの握り飯は小さくなったなあ」といわれて困った。「お前をからかっているんだから、知らん顔していろ」と姑が言ったそうだ。いかにも一昔も二昔も前の農村らしい雰囲気が伝わってくる話である。

Iさんの話はおしゃべりに過ぎず、人の悪口にならず、ユーモアもあって愉しかった。野沢菜の漬け物と熱いお茶という、信州流のもてなしを受ける。雪の下で大きくなるためにやわらかい、冬菜という菜っ葉のおひたしがおいしかった。少し前まで見ず知らずだった人の家に上がり込んで、ご馳走になっている。後で、知らない人をよく家の中にあげてくれたな、とつぶやいたら、この話を聞いた妻は「きっといい桜を沢山見て、いい人相になっていたんでしょう」と言った。

いい人相同士がしばし、一緒にお茶を飲んだわけである。

帰りに広い納屋の中にしまってある青いピカピカの新しい耕耘機と田植機を見せてもらう。だから、あの「田打ち桜」の周りを青い耕耘機が走りまわっている姿を、私は思い描くことができる。

「豊科本村の大しだれ」(カラー口絵9)も畠の真ん中にあった。大糸線「豊科」駅から徒歩一五分。この駅は「安曇沓掛」から八つ目、約三〇分かかる。ここは駅員もいる駅で、駅前にも賑わいがあった。しかし、持っている略図が簡単過ぎて、すぐギブ・アップ、たまたま眼に入った自動車旅行者用のホテルにとびこんで、教えてもらう。親切なフロントだった。それでもその後も確認のためにいろいろな人に尋ね、一五分の倍くらいかかって、やっと畠の中に桜を発見した。ここでも地元の人はわりに知らないということを実感した。簡単に傍へ行ける桜よりは、こうしてたどりつく桜の方がはるかに値打ちがあるような気がしてしまう。樹高一五メートル、幹周り三・三メートル、樹齢は二三〇年という。まだまだ若々しく、勢いがある。

この桜は墓地にある。但し共同墓地ではなく、K家というある一族の墓地である。桜の下には墓石がぎっしりと立ち並び、あの世まで一族の結束は固そうだ。このごろ婚家のお墓に入るのはいやだ、という女性がいるというが、こういうお墓を見るとどう思うのだろう。周囲の畑で一人で農作業をしていた婦人に、いろいろ聞いてみる。つい先日お墓の周りに幕を張り、K家の人々が花見の宴を開いていたそうだ。黒白ではなく、紅白の幕だったと聞いて、何だかほっとする。

それはともかく、この世とあの世の行き来のようなものがそこに存在する、というのが桜の一つの特徴ではあるまいか。

北アルプスの山々がここも美しい。なかでもきわだってかたちのいい山の名前を農作業の婦人に教えてもらう。「常念岳」である。

須坂の桜

松本にもう一泊し、翌日長野に向う。長野の桜には**「地蔵久保のオオヤマザクラ」（カラー口絵1**98ページに再出）や「素桜神社の神代桜」などぜひ一度みたい名桜があるのだが、今年はまだ早過ぎて咲いていない。桜情報で、長野市から長野電鉄で行く須坂の桜がいいのではということになる。近くにしだれ桜が約二五本もあって、最近有名な高山村という［しだれ桜の里］があるのだが、次の機会にしよう。

須坂の桜というと、まず「臥竜公園」らしい。池のまわりに桜が立ち並び、屋台も立ち並ぶという、日本中によくある「桜の名所」の一つである。家族づれやカップルなど善男善女があふれている。満開のソメイヨシノはきれいだが、私はそのむこうに三つ並んできれいに見える、妙高山、黒姫山、飯綱山に見とれていた。山の名と順番は地元の人と思われるおじさんに聞いたのである。北信五岳といい、あと斑尾（まだらお）山と戸隠（とがくし）山があるはずだが、山頂が明確には区別できなかった。私は山は登るものではなくて、見るものだと考えている人種で、見る場合も名前をしっかり認識して、たとえソメイヨシノが満開でも、その山の山容の方に見入りたいと思う種族である。この人種・種族の特徴はヘソがマガッテイルことであろう。自覚症状はあるので御心配なく。

臥竜公園入口にタクシーを呼び、郊外にある三つの小さいお寺やお堂のしだれを見ることにする。須坂市の観光資料は充実していて、桜のこともくわしく載っている。「豊岡の五大桜」というのがあり、これから見ようとする「延命地蔵堂のエドヒガン」「長妙寺(ちょうみょうじ)の彼岸しだれ」**「大日向観音堂の夫婦しだれ」**はみんなこれに入っている。三つとも山沿いにあるようで、信州はお寺やお堂にしだれ桜が多いという、柳田の法則？にぴったり合う。行って帰って来るのだから、全部歩くには距離がありすぎる。一番遠い「延命地蔵堂」までタクシーで行き、あとは適宜徒歩で移動することにする。（中略）

「大日向観音堂」はいかにも村のお堂という感じ。小さなお堂の中に、これも本当に小さな観音様がいらした。しかし二本のしだれ桜は大きく、新緑の山の中にピンクのかたまりが存在感を主張している。二本なのに、遠くからみると一本に見える。あたりには子桜や孫桜があり、子孫繁栄の桜である。テントを張って地元の人が「おでん」や「おやき」を売っていた。茄子の「おやき」を食べる。味は桜に比べると今ひとつだった。

この桜で今回の信濃の「桜行脚」は終りである――。ケータイで呼んだタクシーが街道からこっちの方へ入って来た。

終章

人はなぜ桜を育てたか？

信州の桜を思う存分見てまわって、いい気分であった。信州の桜に、桜の古代・中世の原初の姿を見たと思う。それらは人の手の限りを尽くして育てられた、京都の名刹や名園の桜にはない、素朴な力強さと生命力にあふれていた。

柳田國男の言う、大空を行く神霊や魂魄の地上とのつながりをしめすものが、地にしだれる枝であったという古代人以来の感じ方は、きわめて示唆に富むものであった。人々は神仏や死者を尊び、しだれ桜を、そして時にはしだれてはいないが、花の豊かさに枝が下方に伸びる彼岸桜を、そのしかるべき処に育てたのである。種を拾い、挿し木や接ぎ木をし、あるいは移植をして、丹精こめたのであろう。そういう桜樹が営農桜となったものもあろう。初めから農事暦を目的として育てられるものも出て来ただろう。

しかし、そのようないわば実用的な理由の他に、桜を育てる日本人には、桜の〈美〉を喜ぶ心性があったのではないか。神霊・魂魄をまつるにしても、農事の目安とするにしても、他の樹々の中から桜が選びとられたのは、やはり桜が美しかったからであろう。しだれ栗、しだれ柳なども尊ばれた例があること、「たねまき桜」と呼ばれていたが実はこぶしの花であったという例があることなど、競争相手？は明らかにあったのである。

桜の美を愛する心は、桜を庭に植えはじめた中世あたりからと考えがちであるが、（20ページの柳田が見つけた貴族の日記の例参照）、実はもっと古く、つまり桜と人間の関わりが始まった頃から、実用的な目的とは別に、意識の底にはその〈美〉を愛でる心性が同時に存在したのではないか。

民俗学には、そういう桜の〈美〉学が欠落しているのではないかと、22ページに述べた。桜の〈美〉学とは、人間が桜に〈美〉を感じたのは、桜のどのような点であったのか、それは何故か、その〈美〉の本質を考えることである。私はかつて一〇年ほど前、新聞のコラム欄の随想に、現代の日本人にとって桜の美しさは〈いのち〉の美しさであり、生きている〈歓び〉の象徴である、日本人は今の〈いのち〉を確認するために桜を見に行く、と書いた。少しキザな言い方だが、現代人については今もそう思っている。しかし古代から現代に通じる長い時の中に、本質的には変らなかった日本人の〈感覚〉を探し求めることはなかなか困難である。桜の色やかたち、桜のあらゆる属性に関わる心理学的考察が、そして〈美〉とは何かという哲学的な美学論の助けが必要であろう。

そういうものを、私も曲りなりにも追い求めたいと思う。しかし、同時にそういう論理次元の理屈とは全く別に、桜の美しさに対する賛嘆と憧憬の思いは、いつの時代も人々の心にあったであろうと確信する。その強さ、そして意識の上にどの程度顕在していたかどうかは別として——。

古い時代の桜と人間のこころを考えることが多かった、今回の「桜行脚」の結論である。

追記　この稿の後、私はソメイヨシノについて、一つの知見を得、またある経験をした。それらは私のソメイヨシノ観をより強固なものにし、また私の桜観を少し変えた。それを書いて置きたい。

新たな知見というのは、ソメイヨシノという種は、クローンで、ソメイヨシノ同士で受粉して種子を作ることができない桜だということである。そういう話は聞いていたが、今回勉強もし、より正確に理解出来た。クローンとは、ある個体から受精や受粉の過程を経ず、細胞分裂を繰返すことによって作り出された、同一の遺伝子構成を持つ個体のことである。イギリスで作られ、ドリーと名付けられた羊のクローンが有名である。父親と母親の両方から遺伝子をもらって、それが交じっている通例の子の世代とちがって、クローンは遺伝子組成が全く同じの、いわばコピーなのだ。

ソメイヨシノはどうやって生まれ、どのように増えて来たのか？　三島の国立遺伝学研究所は「エドヒガンとオオシマザクラの種間雑種である説が広く認められている」という（『遺伝研のさくら』）。

世上言われているソメイヨシノの由来は、江戸時代末期、江戸染井村の庭師や植木職人によって作られたとされる。これを生物学的に厳密に解釈してみる。おそらく偶然によって生じたエドヒガンとオオシマザクラの交配種を、染井村の庭師らが発見し、（受粉によってその種子を作ろうとしたが、できず）、すべて取り木や挿し木によって増やした。それが今日、日本中にあるすべてのソメイヨシノであるということである。

つまり、受粉によって生まれたわけではないということは、ソメイヨシノは、すべてが最初の一本から生じたクローンであって、遺伝子構成は皆同じなのである。
ソメイヨシノの一本一本に個性がないのは当然であった。

ある経験というのは、たまたまテレビで、身体が不自由でどこに出かけることも困難な一人の高齢の婦人のエピソードを知ったことである。彼女がいつも椅子に坐って外を眺めている窓から、路傍の一本のソメイヨシノが見える。彼女は四季折々のこの樹を毎日眺めている。そして春、待ちかねた花が咲く。その喜び、感動がテレビを観る者に伝わってくるのである。こういう桜は、その人にとってやはり本物の桜であろう。

私はこの稿に、ソメイヨシノは個性が無く、これを桜の理想像として語るのは、桜を知らない者のことばである─そんな筆致でこの文章を書いてしまった。しかし、ある人にとって、強い想いが籠められている桜、人生の「生きる喜び」が感じられる桜、こういう桜に樹の種類を云々するのは、不遜というものであろう。

つまり桜には、いわば客観的な〈美〉と〈真実〉があるとともに、観る人個々の主観的な、あるいは経験によって生じた〈美〉と〈真実〉もあるということだ。「桜」論は、客観的であるべきだろう。しかし、個人的な経験による忘れられない「桜」像は、客観論ではありえない。だがこういう桜の話こそ、たとえどこにあるどんな桜の話でもよく聞こうとしなければならない。それらは桜の〈真実〉と〈美〉を個別に語る貴重な資料だからだ。これを私は教えられた。

2　ブルゴーニュの食卓に誘われて

―美食の都ディジョン再訪―

名物料理「ブフ・ブルギニョン」と一冊の本

この秋、退職を記念してフランスを個人的に旅したが、その訪問先の一つにかねてもう一度行きたいと思っていたディジョンを入れた。ツアーの旅行で行った時は、実質半日と一晩の滞在しかできなかったのである。有名なマスタードの店《マイユ》は日曜で休み、ショーウィンドウしか覗けなかった。（味もさることながら、この店の卓上に置くマスタードの壷が実に魅力的なのである。白地に染付けの古い壷などはもはや美術品と言ってよい）。一四世紀から一五世紀にかけてパリよりも栄えたというこの町のそこかしこに佇むには、あまりにも時間がなさ過ぎたのである。機会があったらもう一度ぜひゆっくり訪ねて、このブルゴーニュ公国の古都を楽しみたいという思いがずっとあった。

そしてもう一つ、私をディジョンに強く誘うものがあった。ブルゴーニュの名物料理「ブフ・ブルギニョン」である。

こう書くと、そんなにうまかったのか?と聞かれそうであるが、実は初回のディジョンでは私はこれを味わえなかったのである。食卓には出て来たのだ、ブルゴーニュの銘醸ワインとともにー。しかし、旅行社の計画するツアーの食事にはよくあることだが、その日の昼食にこれも有名な「コック・オ・ヴァン」という雄鶏を使う鶏にしては濃厚な料理を、何種類ものワインと一緒に味わい、前日も前々日もその前もシャンパーニュやアルザスの美食と美酒(こっちの方はもともと弱い)に酔いしれた、わが胃袋はもはやこの御馳走を受け付ける元気がなかった。「ブフ・ブルギニョオン」の名は、こうしてその後の私には、自分の力?のなさのためみすみす見逃してしまった、愛惜きわまりないもの、未練心を掻き立てるものの代名詞になったのである。

ディジョンの魅惑をさらに確かなものにするものが、実はまだあった。それはアメリカの女流作家M・F・Kフィッシヤーが一九二九年から三年間、ディジョンに滞在した記憶を後年、小説ともエッセイともいえる作品に書いた『ブルゴーニュの食卓から』(北代美和子訳　晶文社　一九九五)という一冊の本である。この本を前回ディジョンに来る前に私は知っていたが、くわしく読む時間はなかった。今回、退職後の旅行準備はそれを可能にしたのである。

フィッシャーは八〇年ほど前、新婚間もない大学院生の夫とともにこの街にやって来て、オランニエ家という家庭の下宿人となった。当時の下宿人は大家さんの家族とともに昼や夕方の正餐を一緒に食べる習わしであったから、彼女はいやおうなしにフランスの家庭にどっぷりと漬かって、毎日を過ごしたのである。下宿人にはチェコ、ルーマニア、ドイツなどからの留学生がいた。彼等はオランニエ家の食堂で、オランニエ氏とその息子も含む家族たちと一緒に、時にフランス語の発音を直されながら、毎日ブルゴーニュの食事を味わったのである。

この作品の面白さは、まずオランニエ夫妻をはじめとする登場人物の個性豊かな人間描写にある。特にマダム・オランニエ―何回も結婚をしたことがある、背の高い堂々たる体格の陽気な女性―は、読者に強い印象を与える。彼女は「これまで市場に足を踏み入れたなかでも一番抜け目のない買いたたき屋」として有名で、いかに安い材料で料理を作るかに苦心している吝嗇家(りんしょくか)であり、「他のどの家主よりも下宿人から多くの金をかせぐ」下宿屋のマダムとの評判のある人であった。しかし一方どの下宿よりもおいしい食事を提供するマダムでもあった。腐る寸前のフオアグラや傷物のチーズまでも駆使して、彼女は、筆者が「それまで口にした中で最高の食事を毎日二回作り出す」と讃えるほどの料理人だったのである。

こうして筆者フィッシャー女史は二〇代の若さで、ブルゴーニュ料理の真髄を舌で極めた。彼女はまたお金のあるときや記念日などに、夫とともに美食の都ディジョンの定評のあるレストランの味を体験した。こうしてこの書は、もともとフィッシャーが持っていたと思われる人間観察やユーモアなどの才能に裏打ちされた〈文学〉のセンスと、場数が培(つちか)った〈食〉のセンスの融合した見事な作品となったのである。

『ブルゴーニュの食卓から』はこのような回想録であるから、八〇年前のディジョンの通りの名、店の名、その所在地にいたるまでを明確に詳述している。（筆者が描いたと思われる地図まである）。これがディジョンのような古い街を訪れるにはたまらない魅力になるのだ。この本を手がかりに、フランスの中核地方都市―現代もパリ・リヨン駅を発着駅とするTGVの南東線の最初の停車駅になっている―ディジョンの今の姿の向うに、かつての古き良きディジョンを幻視したいと私は思った。

今回、私たちは前回訪れたときと同じホテル、《オテル・ラ・クロシュ》を予約した。小さな凱旋門ギヨーム門―パリの凱旋門に影響を与えている―のある、市の中心の一つダルシー広場に面していて、『ブルゴーニュの食卓から』には「町で一番大きくて、一番有名なホテル」とある。年に一回、一一月にディジョンで開かれるフォワール・ガストロノミック（美食フェア）のときには、

「フランスの津々浦々からやってきたグルメでいっぱいになり、厨房では有名なシェフたちがソースパンをぐるぐると振り回し、ワインの買い付け人たちは酒蔵一杯のシャンベルタンやコルトンやロマネ・コンティを飲みました」

といった具合だった。

現代のガイドブックにもディジョン第一のホテルとして挙げられている。前回この料理を出して

くれたこのホテルのレストランなら、間違いなく、本物の「ブフ・ブルギニョオン」を食べさせてくれるだろうと私は確信していた。

ところがである。私の注文を聞いた上席ギャルソン—服装からそう見えた—は、「ブフ・ブルギニョオン」はできないという。私は一瞬頭に血が上った。「ブフ・ブルギニョオンはブルゴーニュの有名な料理にあらずや?」…、「しかり」…、「されば何故に我の食すること能わざる?」…、「○△□※○……」…。彼のことばはフランス語になるとまったくわからなかったが、この六カ月フランス語を猛勉強?した妻によると、「ブフ・ブルギニョオン」は準備に時間がかかるので、いきなり言われても困るということらしい。そして「ブフ・ブルギニョオン」は我々のようなちゃんとしたレストランは出さないのだというニュアンスをフランス語がわからぬくせに私はかぎとったのである。不承不承頼んだフォアグラのテリーヌとソール(平目)の料理は、出て来てみると、盛りつけも食器も美しい上品な真正のフレンチであった。妻の頼んだ料理ともども「ジュヴレ・シャンベルタン」に引き立てられたその味わいに私たちは満足したが、同時に明日のディナーは何としても「ブフ・ブルギニョオン」を食べてやるぞと言う強い決意をあらたにしたという次第であった。これは欲張った食欲故というよりも、今夜食べられなかった故に、前述の愛惜心または未練心がまた掻き立てられたためであった。

食事の最中、妻がこのレストランは、前回泊まった時のあの食べられなかった「ブフ・ブルギニョオン」が出たレストランと違うのではないかと言い出した。きれいな現代的なレストランだが、確

図３　マスタードのマイユ本店

かに風情がない。妻はこの後ホテルの中をさまよって？地下に見覚えのある古いレストランを見つけた。客はいなかったそうである。レストランだけではない。宿泊した部屋も新設または内装を新しくした部屋だった。最上階にあり、半分は屋根の勾配のままの斜めの天井で、やや狭かったが、部屋のデザインが斬新でインテリアも現代的だった。洗面所には青い陶器の丸い魚の置物が置いてあった。一〇〇年以上たっているホテルは、レストランや客室を常に新しくして行かないと客が来ないのだろうか。「ブフ・ブルギニョン」を出さないのも、このホテルの〝現代化〟と関係があるのだろう。しかし、美食のまち古都ディジョンのホテルの行き方としては、間違っている方向だと私には思われた。

ディジョン散策―オランニエ家を探す―

ディジョン二日目、市中に出かける。ホテルの目の前の凱旋門から始まる**リベルテ通り（カラー口絵10）**を歩く。この前と同じように道の両側に鮮やかな色とりどりの旗がはためいている。かつてブルゴーニュ公国を構成した多くの候国のものだろう。はなやかな通りだ。まず**マスタードの《マイユ》（図３）**へ。いろいろな風味の新鮮なマスタードが今回は買えた。色がきれいな小さな壺も買う。染付けの古い壺は高すぎて残念ながら遠慮する。

ブルゴーニュ公国の宮殿（図４）は今もディジョンの中心だ。壮大でどっしりしていて、それでいて明るい建物である。今は半分が市庁舎、半分が美術館である。前回来たのでゆっくり見るのは後にして、『ブルゴーニュの食卓から』に書かれているオランニエ家のあった一画を歩くことにする。同書にある筆者の書いた地図が道しるべだ。欧米の建物は石が主な材料だから生命が長く、また所番地も変わらないから、八〇年くらい前の家はそのころの姿のままに在るはずだ。ようしオランニエ家を探してやるぞ！　私はまだ午前中ということもあったのだろうが、きわめて意気盛んであった

図４　かつてのブルゴーニュ公園宮殿

宮殿の前はリベラシオン広場という半円形の広場である。『ブルゴーニュの食卓から』の時代はアルム広場といった。広場から放射状に何本かの小径が出ていて、その一本をたどるといかにも古そうな大きな建物の前に出た。

「私たちの家とアルム広場のあいだにはパレ・デュ・ジュスティス（裁判所）があり、私はいつも、何世紀も何世紀にもわたってそこで裁かれてきた犯罪への恐怖感で満たされました」

とある裁判所にちがいない。今も裁判所かどうかはわからないが、オランニエ家はこの裏側のプティ・ポテ通りにあるはずだ。

小さな広場に出る。とある角の家の壁に小さなプレートを見つけた。「RUE DU PETIT POTET」とある。ここだ。RUEとは両側に家があるさほど大きくない通りをいうらしい。確かに両側にかなり古そうな家がぎっしり並んでいる。地図のオランニエ家にあたるところに同じような四軒の家が軒をくっつけて建っている。どれも八〇年は充分たっている古さだ。この中の一つにちがいない。こんなことでも、正しく判断して特定するという行為は、面白くて少しワクワクする。私にはこういうことが面白いのは、多分私が平安時代の『今鏡』などの歴史物語の研究で、そこに書かれている逸話を、さまざまな歴史資料の記述と照らし合わせて事実かフィクションかを判断するという方法をよくやっているからであろう。家の壁には、番地の小さなプレートがついているが、フィッシャー女史はオランニエ家の所番地を書いてくれてない。しかし、こういう記述がある。

「家は二階建てで、二階には鎧戸をおろした窓が四つあり、一階には巨大なアーチの両側に鉄柵の付いた大きな窓がひとつずつついていました。アーチは木製の扉によってしっかり守られているように見えました」

四軒のうち一四番地の家と一五番地の家は、アーチがなく家の壁に直接扉がついている。また窓の数や作りが違った。アーチのある二軒のうち、一七番地の青い扉は老人が出て来て開いたので中庭が見えた。この家は窓の数から違うと判断したが、フィッシャーはコの字型の家の中庭側の部屋に住んだと言っているので、当時の中庭の様子を知る参考になるだろうと思い、扉を開けた老人に中庭の写真をとってもいいかときいてみると、自分のうちではないからだめだという。自分は使用人だということらしい。一つ残った一六番地の家は、アーチの中に木製の黒い扉があること、二階に四つの鎧戸のついた窓があることなど、記述とぴったり一致する。ただ一階の窓の数が三つでこれだけが合致しない。しかし四軒の中では一番条件に合っていて、これと決めていいと思われた。

家が特定できたので、道路の反対側から眺めてみる。一階の窓の一つはオランニエ家の食堂だ。当時マダム・オランニエの料理のおいしそうなにおいはここまで流れて来たにちがいない。二階の窓の一つはルーマニアの女子学生が住んでいた部屋で、「ある夜の出来事」として語られたエピソードの現場だ。向うから三人の若い女性が歩いて来る。学生みたいだ。この通りの一本向うの通りには当時も今も学校がある。彼女たちの声がだんだん近づき、私は八〇年前のこの街区の、今とさほどはかわっていなかったであろう気配を充分に想像できた。通りのつきあたりは小さな広場で、ブルゴーニュ特有のモザイク模様の色瓦の屋根がいくつか見える。日を受けて輝いている。これも昔のままのはずだ。八〇年前の〈過去〉のたたずまいの一部分が、〈現在〉の中に、目に見えるかたちで昔のままに存在している。〈現在〉、そこに実際に立つから、〈過去〉が生き生きと甦って来るという〈幻視〉の楽しみに、私はしばらく酔った。

フランスの犬事情

変わっていないといえば、さっきから路上に犬の落とし物がときどき目につく。パリをはじめフランス全土がそうである。ディジョンの裏通りの犬事情?は昔も変わらなかったらしく、『ブルゴーニュの食卓から』には、フィッシャーがオランニエ家の愛犬タンゴを散歩に連れて行った時のこんな一節がある。大小を問わず、この種の落とし物はフランスでは、犬の飼い主の関知しない領域のものであるらしい。

「湿った、けれども匂いのする町の通りをちょこちょこ歩いたことのある犬なら必ずするように、タンゴはたくさんの街燈の柱に名刺を置いてきました。…ボザール〔引用者注　美術学校〕とプティ・ポテ通りの間で二七回まで数えました…こちらでちょっと、あちらでちょっと、いかにも犬らしく頑固に」

こういうフランスの犬事情を知ると、日本人の犬を連れて歩くときの律気な清潔好きを思い出す。彼等は必ず始末道具一式を持って行くのだ。もっともフランスには、そういう路傍の清掃をなりわいにしている人たちがいて、彼等の仕事がなくならないように、飼い主は関知しないのだという説があるらしい。真偽のほどは知らない。

NO1レストランのメニュー

シャボ・シャルニ通りにぬけて、宮殿前の道（リベルテ通りのつづきである）に出ると右の奥に白い聖ミッシエル教会が見える。リベラシオン広場の、Café グルマンのテラスでお昼を兼ねたコーヒーで一服。となりに《プレ・オ・クレール》というレストランがある。これは『ブルゴーニュの食卓から』がディジョン第一のレストランとしている《オ・トロア・フザン》が名人シェフの死後に名が変わったもので、フィッシャーは後に訪れたとき、今でもやはりここがディジョンでNo.1だといっている。今夜の夕食は、朝、ホテルに頼んで「ブフ・ブルギニョオン」を確実に食べさせてくれるレストランを予約してあるので、この《プレ・オ・クレール》に来るわけにはいかない。ただ店の外に貼ってあるメニューを見てみると、「ブフ・ブルギニョオン」は見当たらない。やはり現代のディジョンは、伝統的な郷土料理であり—ということは田舎料理でもある—、作るのに時間がかかる「ブフ・ブルギニョオン」を切り捨てたのだ。プティ・ポテ通りの散策から、古きよきディジョンを五感に感じつつあった私の気分は、《プレ・オ・クレール》のメニューを見て、残念ながら後退を余儀なくされた。

古いディジョンの面影

ディジョン美術館の名品を見て（「受胎告知」もあったし、モネの描いた「エトルタの海岸」や、今後エッセイに取り上げたいと思っているルドンの作品もあって、飽きなかった）、少し気分の治った私は、古いディジョンの面影を追って、宮殿の裏の古い街に出て、**ノートル・ダム教会**の方に行く。この教会はもちろん古いものだが、斬新な意匠の塔に（西洋の教会によくある雨樋の水のはけ口を怪獣ガーゴイルの頭としているのだが、その数が圧倒的に多い）、見とれてしまう。名高い仕掛け時計ジャックマールを見たあと、近くでディジョンの有名な菓子、「パン・デピス」を売っている店を見つける。『ブルゴーニュの食卓から』は、ディジョンを「パン・デピスの香りただよう町」と言っているくらい、このパンに思い入れがあるようだ。香料入りの蜂蜜パンといっているが、買って帰ったものを味わった感じでは、香料入りのフルーツケーキである。オレンジピールがふんだんに使ってあって、確かに香りのいい菓子である。「おそらくは疲れきった十字軍兵士とともにアジアから来た」とあるので、そういう言い伝えがあったものだろう。見つけた店は、フィッシャーが「パン・デピスの最大最古の製造業者」でおいしかったと言っている《ミュロ・エ・プティ・ジヤン》で、看板に一七九六年創業とあった。八〇年前と変わらぬ店を見つけた時は、何だかほっとしてうれしかった。

ついに「ブフ・ブルギニヨン」を食べた！

一度ホテルに帰って一休みした後、今朝予約をとってもらったレストラン《ラ・ポルト・ギヨーム》にいよいよ向かう。といってもホテルのあるダルシー広場の一画といってよい至近の距離にある。気取っていない、レストランよりもビストロといった感じで、なるほど今は「ブフ・ブルギニヨン」はこういう店でないと食べられないのかと合点した。仕切っている感じの年配のギャルソンはお世辞も愛嬌もない、しかし実直な感じの人である。すでに一人前に客の注文をとれるウエイターとまだ取れない見習いみたいなウエイターがいる。見習いの若者たちは純朴そうで、「がんばれ、○○君！　巨匠と呼ばれるその日まで」というテレビの料理番組でおなじみの励ましがぴったりしそうだ。

もちろん「ブフ・ブルギニヨン」を私も妻も注文する。「出来るね？」と思わず念を押してしまう。アントレは、私は、これもブルゴーニュの「ウッフ・アン・ムーレット」（ポーチド・エッグの赤ワインソース）、妻はパセリとニンニクをみじん切りにして入れた溶かしバターをかけたブルゴーニュ風エスカルゴ。ワインはやさしいブルゴーニュ・ワインの「モレ・サンドニ」。何年も憧れた本場の「ブフ・ブルギニヨン」は、こころよい夢を見ているみたいにおいしかった。

ここで「ブフ・ブルギニヨン」を説明しておかねばならない。この料理は一言で言えば、「牛肉の赤ワイン煮」である。ブフはビーフなのだ。真正のものは牛の頬肉を使う。前回手に入れた「ブフ・ブルギニヨオン」の絵葉書にはレシピが材料とともに次のように書かれている。(何と絵葉書になっているほどの名物料理なのだ。)私の食べたブフ・ブルギニヨンはこの正統的なレシピどおりのものかどうかはわからない。多少簡略化してあったかもしれない。

「(6人分)　たまねぎ1個、　エシャレット2本、　ニンニク2片、　オイル大さじ2杯、　ブルゴーニュ赤ワイン1リットル、　ブルゴーニュのマール(ブランディの一種)大さじ2杯、ブーケガルニ(ハーブの一種)1袋、胡椒小さじ1杯、　(いためて蒸し煮にした)牛肉1・5キロ、　バター100g、　小麦粉大さじ2杯、　マッシュルーム400g、　小たまねぎ24個、　赤身のベーコン200g、　塩・こしょう味のクルトン」

「タマネギとエシャレットを、皮をむいてみじん切りにする。牛肉をさいの目に切ってボールに入れる。オイルをかけ、ついでワイン、マールをかける。たまねぎ、エシャロット、ニンニク、ブーケガルニ、胡椒を加える。マリネにするように蓋をして二四時間冷蔵庫に入れておく。翌日、漬け汁をこぼして肉のまわりの汁気をきり、その汁は傍らに置いておく。

大きなソースパンを使って肉をきつね色に焼く。それから小たまねぎ(皮をむいておく)、マッシュルーム、さいの目に切ったベーコンを油とバターの中に入れる。かきまぜながら小麦粉をふりかける。漬け汁を注ぐ。塩・胡椒を加え、蓋をし、弱火で一五〇分間煮る。肉が充分にやわらかくなったらブーケガルニ（の袋）を取り出し、さらにおよそ三〇分加熱する。熱く揚げたクルトンを添える」

ブルゴーニュの名物料理を味わった気分になっていただけたであろうか。

古いものと新しいもの

お腹も気分も満足して、快い酔い心地で店の外に出て来た私には、秋の夜風も気持ちがよかった。目の前に、ディジョンの古い凱旋門ギョームがあった。現代風の青い光でライトアップされた凱旋門は、それはそれできれいだった。古い凱旋門に新しい光―それが今のディジョンの姿かもしれないと思った。古いものと新しいもの―そのはざまにいてどっちにも引っ張られる自分を感じる感覚、それが私たちの年代の者のいつわらざる感覚かもしれなかった。

過去と現在―いずれにせよディジョンは、「過ぎ去ったいにしえ」についても、また「まさに今」についても、流れ去る人生の一瞬をしみじみと感じさせてくれた街であった。

3　白い輪郭

―ル・コルビュジエのサヴォア邸を見に行く―

一〇年前に東部フランスのツアーに参加したとき、パリからサヴォア邸への行き方をフランス在住のガイドから教わった。自由行動日に行くつもりだったが、行かなかった。どう過ごしたか忘れてしまったが、多分その日、ギュスターヴ・モローの美術館に行ったのだと思う。そこで今回の個人旅行では、ぜひこの近代建築の巨匠、ル・コルビュジエの代表作を見ようと出発前から決めていた。建築史上の興味というような専門的なものではなく、写真でその後何度も繰り返し見るこの建物の〈美〉を忘れられなかったのである。

予期せぬ交通スト

予定していた「サヴォア邸を見に行く日」が来た。明日は帰国というパリ滞在の最終日であった。ところがその日、朝食後先に部屋に戻っていた妻が、「今日はパリはストらしい」という。テレビがついていた。

パリの地下鉄などの公共交通機関は、今でもよくストをする。（帰国後、前から一度読みたかった横光利一の『旅愁』を読んで、昭和一〇年代のパリを興味深く知ったが、登場人物たちがストに苦労しているのである。労働者が強いのがやはり昔からのフランスの伝統なのだ。）ただ困るのは、当日にならないとわからないことと、規模が日によって違うらしいことである。テレビを注意深く見ていればわかるのかもしれないが、フランス語が堪能でない旅人が正確な情報を短い時間につかむのは、なかなか困難なのだ。

サヴォア邸には地下鉄ではなく、高速郊外鉄道とでもいうべきRERのA線に乗る。妻は駅まで行って様子を見て来ると言う。そういうのは理由があって、セーヌ河畔の我々が泊まっている小さなホテルの部屋の窓の下には、地下鉄やRERのサンミッシェル・ノートルダム駅に降りて行く出入口があるのだ。五分もあれば戻って来られるほど近い。

もう一つの理由は私は左足のくるぶしを夏に骨折して、まだすばやく歩いて何かをするほどには機能が回復していなかった。「足でまとい」の私は、RERが動いていればすぐ出発できるように窓辺でひげを剃りながら、ホテルの玄関を出て地下への階段を下りて行く彼女の姿を眼で追っていた。その向こうにパリの秋空を映しているセーヌ川の水面が見えた。

この日のストライキは、一種の改札ストと間引き運転で、一部の電車は動いていた。先はどうなるかわからないが、行くしかない、明日は帰国なのだ。こういうところがツアーに乗らない海外旅行の危なっかしい、しかし一面、また醍醐味でもあるところなのだ。結果としてわかったことだが、改札ストといっても乗る時だけは、ホームに入るためのチケットが必要だった。ところが駅は無人で窓口ではチケットが買えない。やっと一つだけコインで買える自動販売機を探し出したが、釣り銭などは出ず、売店で（ここはやっている）ほしくもないガムを買って自動販売機で使えるコインを獲得した。

そしてともあれ一時間半後には、我々はRERのA線の終点ポワシーにいたのである。

駅前には理由はわからないが、ポンピドー元大統領の胸像が、（駅ではなく、街の方を向いて）鎮座している。ここから徒歩で二〇分くらいかかるというが、私の今の足では三〇分見ておかなくてはならない。パリ郊外のまちは、車の通り道になっている幹線道路を除いては、やはり閑静なたたずまいの住宅が多い。石畳の道がゆるやかにうねり、両側はこういう道にはちょうどいいくらいの高さの石の塀である。庭の木々の秋の色をした枝が塀の上から、顔を覗かせている。道の上に石造りの角張った小さなアーチがあり、蔦が這い、その上に古い街灯が一つ吊り下げられている。いかにもフランス的な風景で味がある。

やがてコスモスの咲いている庭と、薔薇が咲いている塀があった。背丈を高く作ってある薔薇が、露草の花のような色の空をまるで指差しているようだ。

サヴォア邸の方向を示す小さなサインがさっきあったが、確認の意味もあって、道が分かれる要所では、通りかかる中学生のグループに聞き、さらに大学生くらいの若者にも聞いてみる。彼等はいずれもうれしそうに答えてくれた。何だかサヴォア邸を自慢に思っているみたいだ。

内外の〈美〉

やっと木立の中に、今、地上に降り立ったばかりの、宇宙の白い箱―宇宙船―のような建物**「サヴォア邸」（カラー口絵11）**が見えてきた。設計者のコルビュジエが「明るい時間」と名付けた、美しい建物である。敷地は緑の樹々に囲まれ、庭は芝生だが、アプローチには樹々が数本植えてある。樹の下には、まるで敷き詰めたような落ち葉―。芝生の中には小さな整然としたみちがあり、一カ所だけピロティの**円柱群に沿って矩形の花壇（図5）**が設けられている。平安女性の衣裳「袿（うちき）」にあるような明るい紅（くれない）色の薔薇が咲いていた。サヴォア邸は建物の美しさだけではなく、その建物が存在している空間にまで美的な配慮がされているのだ。

図５　ピロティの円柱と花壇

もっともこれは庭師の仕事であろうけれど。

コルビュジエは一九二八年から三一年にか

けて、保険業者ピエール・サヴォアの週末用別荘としてこれを作った。豊富な予算を与えられていたらしく、コルビュジエは思うがままのデザインでこれを設計した。鉄筋コンクリートの柱と床で家の骨組みを作るという二〇世紀の工法が、この家を斬新な記念碑的な作品とした。直方体といっていい真っ白い建物は、すべての辺が当然のことながら直線だから、その白い輪郭は明快で実に美しい。その鋭く截りとった直角で構成されている六面体を、ピロティの円い列柱群が軽やかに支えている。そのために建物はまるで空中に浮かんでいるかのようだ。

またこれも鉄筋コンクリートが可能にしたことだが、四面の壁は端から端までの間に、それぞれいくつかの水平な連続窓を持っている。このことが建物に明るさとさらなるフォルムの美しさを与えていると思われる。

私は建物の周りを移動し、東西南北あらゆる方向から眺め、この建物の明快な〈美〉に見とれた。

輪郭の美しさは外観だけではなかった。家の内部に足を踏み入れて、機能的に作られながら、シンプルな美しさを持っているそこかしこに、何度感嘆のためいきを洩らしたことだろう。三階からなる構造で、一階は玄関ホールと機能的なスペースに当てられ、主要な生活空間である二階には白い螺旋階段と、もう一つ別に作られているスロープに導かれる。二階のテラスと三階は、外観は壁によって建物の中に取り込まれているように見える屋上庭園である。

二階の圧巻は、迷路めいたスロープを上がって行くと、ぱっと開ける、**庭園を持つテラス（図6）**

図6　2階リビングと一体化したテラス庭園

と、そのテラスと全面のガラスによって一体化されているリビングであろう。開放感のあるその空間は、「ああここにずっといたい！」と思わせるものだった。先客の一人の老人がロッキング・チェアーを独り占めにして動かないのも、「（ここでは）まあ仕方ないな」と思ったほどだった。ダイニングとキッチンはリビングにつながり、白いタイルや金属を使った食卓、収納棚、配膳口などがきっちりと据え付けられている。

サヴォア夫妻の寝室とバスルームは大きな布製のカーテンで仕切られている。

浴槽だけが青いタイルで、これは青いガラスを溶解させて作ったのだそうだ。カーテンを開けると、浴槽の中から寝室の窓越しに庭の木立が見えるように窓の位置を計算してある。浴槽の、この窓の側の縁は―デザインなのだろうが―中央にくぼみがある。（そんなことは実際にありえないが）私がこの風呂に入るときは、浴槽につかったままこのふちに顎をのせて、窓の向こうの樹々を見たいものだと思った。青は夫人の仕事室の壁―四面のうちの一面―とその前のスチームにも使われていて、白を基調とするこの家の内部の清澄さを際立たせている。

ゲストルーム、息子たちの部屋、彼等の浴室などにも巧みにスペースを配分してある。私がしばし動かなかったのは、息子たちの部屋の勉強のためのスペースである。直角に折れる窓際に机にする台状の板を回してあり、横の、広い連続窓からは、庭の周囲に緑の壁を作っている木立の姿が飛び込んで来る――。ここで書き物をしたいなと真実思ったものである。

三階は前述のように、風よけの壁に一部囲まれた屋上庭園で、ガラスも何もない窓が所々に空いている。この窓がフレームになって切り取っているのは、この邸が小高い丘の上に建っていることがよくわかる田園の風景だった。屋上庭園には小さな花壇がしつらえてあり、名前を知らぬ淡いピンクの花が風に揺れていた。

このサヴォア邸に、あるじの家族が住んだのはそんなに長い期間ではなかったらしい。第二次大戦中は、ドイツ軍、ついで連合軍に接収され、その後は空き家として放置された時代もあったという。一九五八年にポワシー市が高校を建てるための土地として買収したが、おそらくは取り壊すことに反対があり、六二年に国に売却、数カ年の修復を経て、一九六五年に歴史的建造物として長く保護すべき文化財に認定された。コルビュジエの作品としては、初めてのものであり、この栄誉は彼の存命中のことであった。このフランス政府の英断によって（文化相アンドレ・マルローの力が大きかったと言われる）、今日、我々はこのまさに〈美〉の結晶とも言える建築物を見ることができるのだ。

サヴォア邸の〈美〉の性格

至福の時間を過ごして、屋外に出て来た私は、サヴォア邸を振返りつつ、この美しさはどんな〈美〉なのか、あらためて考えてみた。結論は、具体的に言えば、内外ともに際立つ〈白い輪郭〉の美しさであり、もう少し抽象的に一語でいうなれば、〈感覚の美〉ではなく、そのフォルムと住宅としての機能を作り上げることを、周到に計算しつくした〈知性の美〉というべきであろうか。

サヴォア邸に長居しすぎて、来る途中に昼飯のあてをつけておいた小さなレストランが、昼の閉店時間になってしまい、楽しみにしていたガレットを食べそこなってしまった。代わりにありついた昼食は駅のキオスクの、長さ四、五〇センチはあろうかというバケットのフランス式サンドイッチ！

しかし、今回のフランスの旅のハイライトとも言える一日を、交通ストライキをものともせずに過ごせたことを、私は本当に喜んでいる。

4　ジーターと永井荷風

大リーガーと文豪のミス・マッチ？

今年のアメリカ大リーグ野球（このごろはＭＬＢという。メジャーリーグ ベースボールである）の話題は、何といってもヤンキースのキャプテン、ショートのジーターが今シーズン限りで引退するというニュースであろう。

デレク・サンダーソン・ジーター（カラー口絵12）。一九七四年生まれの今年四〇歳。メジャーリーグにデビューしてから二〇年間、ヤンキースひとすじの選手生活で、この間五回のワールド・シリーズ優勝をしている。一九〇センチ、八八キロの身体はメジャーでは特に大きいわけではないが、アスリート的な端正なマスクとまだ独身ということもあって、現代のＭＬＢを代表するスーパースターである。

今年は早くから引退を表明していたから、ホームグランドのヤンキー・スタジアムはもちろん、相手チームのグランドでも大変な人気で、彼が登場すると、自分の見たレジェンドの姿を記録しておこうとする観客席から､カメラのフラッシュがものすごい。いかにもアメリカ的だなと思うのは、その敵地におけるジーターの今年最後の試合では、敵チームの主催するセレモニーが行なわれることだ。よくぞ長いことわがチームを叩きのめしてくれたことよ、というユーモアをまじえた御礼？なのだろうが、同時にこのセレモニーには現代最高の野球選手に対する尊敬と親愛の情が感じられる。ジーターのファンは何と相手チームの選手の中にも多いのだ。子どものときからジーターに憧れていて、大人になって自分もメジャーのショートになったりすると、彼と同じ背番号2をねだってつけたりする選手がいる。そういう選手のあこがれの眼差しも、このセレモニーには感じられるのだ。

一週間ほど前、NHK・BSのニューヨーク・ヤンキースVSデトロイト・タイガースの試合中継を見ていたら、アナウンサーがこんなことを言った。

「今日はデトロイトにおけるジーター選手の今シーズン最後のゲーム。試合の前、お別れのセレモニーが行なわれました。彼は両親と妹を、出身地であるこのミシガン州の自宅から招き、またカラマズーの高校で彼に野球を教えてくれたコーチを招待しました。タイガースは、今の球場が作られる以前の、とりこわした古いタイガー・スタジアムの座席シート2脚―本物。保存してあったのだろう―を記念品としてジーターに贈りました。子どものころのジーターが父親と一緒によく試合を見に行ったスタジアムのシートです。……」

何の気なしに聞いていた私は、ある言葉のところで、耳をそばだてた。

「カラマズー？　どこかで聞いたことがあるな……」

やがて、私はあの文豪永井荷風が若い頃アメリカに遊学していたとき、しばらく滞在したことのある村が、たしかカラマヅといったことを思い出した。ジーターと永井荷風ー これは予想もしない異常遭遇である！

荷風のカラマヅとジーターのカラマズー

永井荷風は国文学を学ぶ女子大生にもっとも人気のない文豪だと言う話を、私は本に書いたことがある。卒業論文・研究のテーマに選ばれないという意味だ。そうだろう、彼の小説は芸者や私娼が出て来る色街のものが多く、古い江戸趣味。おまけに荷風自身も文化勲章をもらった作家なのに、晩年ストリップ劇場の楽屋に入りびたる好色な老人というイメージがあるのだから。

しかしこと私にとっては、荷風はここ一〇年程の間に最も評価の上がった文豪である。明治以降の文豪の作品を、昔読んだものを引っ張り出したり、読んでない大作を一大決心をして読み始めたりした中で、最も感心し、面白かったものの一つは荷風の日記作品であった。『西遊日誌抄』と『断腸亭日乗』である。

『西遊日誌抄』は荷風が明治三六年（一九〇三）二四歳のときから、四一年（一九〇八）二九歳までの五年間、アメリカ、フランスに留学したときの日記を後年抜粋して発表したものである。あの芥川龍之介が「荷風の作品は嫌いだが、『西遊日誌抄』だけは別だ」といっていたそうだ。たしかに読ませる。それは、青年荷風の異国における孤独の日々とその哀歓が、若々しく時には抒情的に綴られ、いつの時代の、どこにも共通な〈青春〉の普遍の姿を感じさせるからだ。

荷風は文学者を志していたが、父親は若い頃アメリカのプリンストン大学に留学し、文部省官僚や日本商船上海支店長などを務めた人物で、息子の希望を認めず、実業界での立身を願った。遊蕩児の要素も見せ始めた息子の生活の一新の意味もあって、息子にアメリカへの留学を勧める。荷風は憧れているフランスへの入口としてアメリカを考え、父の勧めに応じる。

明治三六年横浜を出港した青年荷風は、四年の間、タコマ、セントルイス、ワシントン、ニューヨークと移り、大使館や、父のお膳立てした銀行などの気が進まない仕事につくが、学校や図書館に通ってフランス語を勉強したり、文学作品を書いて日本に送る。カラマヅについては、『西遊日誌抄』に、

「(一九〇四年) 一一月一六日　人に勧められてミシガン州なるカラマヅと呼ぶ一村落の学校に入ることを決心したり。……廿二日　カラマヅに着す。此地は寒気甚だしく夜は殆ど骨も凍るかと思はるるばかりなり。……」などとある。

しかし季節がよくなると、初夏の夜の風景に心を打たれ、ツルゲーネフの小説中の描写を思い出し恍惚としたり、他日米国の田舎を描く創作をするときは、この夜の光景から書き出そうと思ったりする。牧場があり、鉄道の線路が横切る。高原には緑したたる果樹園があり、遠くから聞えるピ

アノを弾き歌う女性の声や子どもたちの笑い声が聞える。若き荷風はこの村が気に入り、八カ月の滞在のあと、此の地を離れるときには

「六月十五日　学校この日を以て暑中休暇となる。……夜八時八分の汽車にてカラマヅを去る。予は此の秋学校開始の時再び此の地に帰り来るや否や。若し帰来らずとせば八個月間の客愁を託したる牧場の草果樹園の花に対して余所ながら永遠の告別をなさざる可らず。さらば、可憐なるカラマヅの村よ。」

と書き、いささか感傷的になっている。

この「学校」というのが一つ問題で、彼はここでフランス語を勉強しているが、最初のタコマではハイスクールに行った。カラマヅではどうだったか？ カレッジだったかもしれない。ハイスクールならジーターと同窓の可能性もある。

とにかくわかったことは、ミシガン州カラマヅ村に、一九〇四年から〇五年にかけて二〇代の青年永井荷風が住み、ハイスクールかカレッジに通ってフランス語を習った。七〇年後ぐらいにデレク・ジーターが同じ所と思われるカラマズーで子ども時代を過ごし、ハイスクールに通って（勉強もしただろうが）野球に夢中になったということになる。そんなことは少しも面白くないと感じるか、「へえっー、そうだったのか」と興味深く思う人の両方がいるだろう。私はいうまでもなく「へえっー、そうだったのか」の口である。

ただ困ったことがあった。一つはジーターの出身地は、私の手持ちの資料（例えば『メジャー・リーグ人名事典』出野哲也）では、どれも「ニュージャージー州ペクァノック」とし、「ミシガン州カラマズー」ではないのだ。

また心配もあった。荷風のカラマヅとジーターのカラマズーは同じ所なのだろうか？ 外国の地名は、同じ名前で別のところ、いうなれば同音異地がある上に、日本語で書くと同じだが、スペルが違い、全く別のところということもある。後者で私が最近知った例は、フランスの話だが、ルーブル美術館の別館である「ルーブル・ランス」のランスはLensで、あのシャンパンで有名なランスはReims。少し離れた別な場所なのだ。

こういうことは調べるしかない。最も簡単なのは現代においてはインターネットである。最近の大学生のお手軽レポートみたいだが、このことで学術論文を書こうというわけではないからいいことにしてもらおう。ネットの百科事典『ウィキペディア』（Wikipedia）は、誰でも編集できる特色から、時としてまちがっているから注意が必要だが、今回は有益な情報を提供してくれた。

それによると、ジーターは、ニュージャージーで生まれ、四歳の時にミシガンに来たのだ。父はアフリカ系アメリカ人で黒人、母はアイルランド系アメリカ人で白人。父は心理学のph.Dを持つカウンセラー、母は税理士だったという。ミシガンに移ってからも夏休みはニュージャージーの祖父母のところで暮す。この祖母がヤンキースファンでジーターにキャッチボールを教え、ヤンキースタジアムに観戦にも連れて行った。ヤンキースファンになったジーターは、ミシガンにいるときも父と多分デトロイト・タイガースのヤンキース戦を見に行ったのだろう。これで出身地は解決した。

カラマヅとカラマズーが同じところかどうかは、永井荷風の伝記研究をしている研究者の論文から、そうだと確認できた。特に西ミシガン大学の日本文学研究者 Jeffrey Angles 氏の「永井荷風とカラマズーとその時代」(『三田文学』八四号　二〇〇六) は、当時の地元新聞等を細かく調べた労作で、大いに参考になった。氏は荷風の下宿を考証し、建物が今も残ることを突きとめた。また荷風がカラマズーで、日本人留学生として日本文化の話を英語でしたこと、尺八の演奏を披露したこと、インタビューを受けてアメリカ女性について語ったことなどを記事から発掘している。最後のものは批評者が荷風であるがゆえに特に興味深いが、本稿の直接のテーマとはやや遠いので紹介は残念ながらしない。

この Angles 氏の論文から、荷風が聴講生としてフランス語を学んだのは、Kalamazoo College であったこともわかる。ジーターは Kalamazoo Central High school を卒業した。二人の、Kalamazoo は同じ所と考えてよいだろう。ただ荷風のカラマヅが「村」であるのがいささか気になるが、七〇年経っていれば、村が市になる例は、日本のわれわれのまわりにも沢山ある。

『ブリタニカ国際大百科事典』によるカラマズー市は、ミシガン湖東方約六キロ、シカゴとデトロイトのほぼ中間、カラマズー河畔に位置する。一八二九年に最初の小屋ができたが、それ以前からインディアンとの毛皮取引の場所だった。のち製紙工業が最大の産業になる。カラマズー産セロリがオランダ移民によって栽培され、有名になった。人口は約八万人。―カラマズーのプロフィールはおよそこんなところだ。

面白がって調べている途中で、カラマズー市が私の住む静岡県の沼津市と姉妹都市提携をしていることを知った。これは灯台もと暗しで全く知らなかった。早速、元同僚で沼津市民のM氏から電話を市の国際交流室にかけてもらう。ここでわかったことは、昭和三〇年（一九五五）沼津市と提携協定をし、今でも留学生の交換があるという。ウエスタンミシガン大学、カラマズー・カレッジがあり、セントラル ハイスクールに一年間行って来た高校生もいるそうだ。ただ永井荷風もジーターも交流担当の方がご存知ではなかったのは残念だ。荷風はともかく、ジーターの出身地というのは〝うり〟になるのではないか。

カラマズーにおけるジーターはどんな高校生だったのだろう。これはまだまだ情報が足りない。ただ今回調べたことで、ＭＬＢファンの私も初耳のことが沢山出て来た。ジーターは高校時代からずばぬけた野球の才能を発揮し、通算の打率は五割を越えていた。九二年にアメリカ野球コーチ連盟という所から高校年間最優秀選手賞というのをもらっている。ドラフト一巡目全米六位でヤンキースに指名された。ここで面白いのは、両親がシーズン・オフに大学に通っていいという条項を球団に入れさせ、ジーターは実際に九二年のオフにはミシガン大に通ったそうだ。しかし1Aの時代、ジーターはあまりにエラーが多く、守備力強化の命令が出て、オフはタンパのトレーニング施設に行かなければならず、学業は中断したという。こういう経歴を持つから、ジーターの現役引退後の進路の選択肢の一つには、大学に学ぶというのがきっとあると思う。

荷風はヤンキースを見たか？

カラマズーを去った永井荷風は、実は短い期間ながら一度戻って来ている。フランスへの旅費を稼ぎたくて、ペンシルバニア州やニューヨークに仕事を探したがうまく行かない。在米の従兄の世話でワシントンの日本大使館の小使いとして働くが、カラマズーでの勉学を続けた方がいいと思ったのであろう。それだけカラマズーの静かな自然と素朴な人間は荷風に安らぎを与えるものだった。しかし戻ってすぐに日本の父から手紙が届き、フランス行きは同意できないこと、横浜正金銀行ニューヨーク支店に就職の依頼をしたので、ニューヨークへ行くように指示される。この前後の荷風の心境を『西遊日誌抄』は縷々（るる）と述べる。落胆、自暴自棄、文学へのさらなる思い、如何にすべきかの迷い等々。しかし、従兄永井素川の「若し此度父の望める銀行に入らずば永久父と相和するの機会あらざるべし」という忠告もあり、不承不承（ふしょうぶしょう）ニューヨークに行くことを決める。荷風の父との対立は相互の憎悪までにはならない。荷風は父の恩に終生感謝している。ニューヨークならワシントンで知った娼婦イデスとも急行列車半日の距離だという、荷風らしい思惑もあった。

ニューヨークでの生活は一九〇五年一二月から、フランスに向う一九〇七年七月までの足掛け三年に及ぶ。この間荷風は何をしていたか。銀行には勤めたが一生懸命その仕事を覚える気はない。彼はフランス人婦人の家に寄宿し、フランス語を習い、オペラ、演劇、クラシック演奏会などに足しげく通った。『西遊日誌抄』には、メトロポリタン歌劇場、カーネーギーホールなどが出て来て、女優サラ・ベルナール、オペラ歌手カルーソーなど後世に伝わる名が頻出する。ニューヨークはまさにこういう世界的興業を体験出来る絶好の場であった。

ニューヨークで、その頃オペラや演劇を見ていた荷風は、ベースボールは見なかったのだろうか。ヤンキースはそのころ存在したのだろうか。ヤンキースは一あったのである。手元の『亜米利加野球百科』（ベースボールマガジン社）によれば、大リーグの歴史は一八七六年から始まる。その変遷を追うのは本稿の目的でないので省略するが、ナショナル・リーグに遅れて誕生したアメリカン・リーグに、ニューヨークをフランチャイズとする球団が出来たのが一九〇二年。この球団がヤンキースの出発点だった。荷風がニューヨークにいた一九〇五―一九〇七年はまさに黎明期で、この間ヤンキースは、八球団中六位、二位、五位だった。

荷風がベースボールを見た形跡はどうもないようだ。

永井慶大教授と早慶戦

想像はさらに新たな想像を生むものらしい。荷風に野球を見てほしかったという、自分でも根拠を説明出来ない願いは、私に「早慶戦」を思い出させた。というのは、フランスを経て日本に帰国した荷風は、二年後の明治四三年（一九一〇）七月慶応大学文学部教授に抜擢される。三一歳であった。これは留学中に書いて日本に送った『あめりか物語』、帰国後の『ふらんす物語』『帰朝者の日記』『すみだ川』などの作品が好評で、当時慶応の文科の革新のための人事を委嘱されていた森鷗外、上田敏が荷風を推薦したためである。この慶大教授を荷風は大正五年（一九一六）までつとめている。早慶戦のとき、授業が休講になるということは、昔から知っていたが、明治から大正にかけてはどうだったのだろう。もし休みになったのであれば、永井教授は休講をさいわい昼間から色街を徘徊していたーなんていうこともあったかもしれない。

そこで早慶戦を調べてみると、意外な面白い事実があった。早慶戦は明治三六年（一九〇三）に始まっている。しかし明治三九年（一九〇六）秋、第一戦勝利の慶応の学生が大隈重信邸と早稲田の正門前で万歳を叫んだ。第二戦はお返しとばかり勝った早稲田が福沢諭吉邸と慶応正門で万歳三唱をした。両応援団は一触即発の険悪な状況になり、両校当局は第三戦を中止、その後一九二五年まで早慶戦は空白の時代が続いたという。

こんなことは全く知らなかったが、荷風が慶大教授であった時代は、すっぽりこの空白期間に含まれるのである。仮に見たかったとしても見られなかったわけだ。（なお今でも、学部と大学院、各校舎によって多少違うが、早慶戦の日は第二時限から応援のための休講になることが多い。これは「早慶戦（二〇一四年五月から）授業の取り扱いについて」として塾生ＨＰに出ていて、ネットで見ることが出来る。）

たまらない話

荷風とジーターは野球では今のところ結びつかない。しかし、生きている時代が違い、何の類似性もないＡ・Ｂ二人の人間が、〈時間〉を隔てて、同じ〈空間〉に存在した―つまりＡ・Ｂ二人の人生の軌跡が、（時間軸をはずすならば）、ある一点で（ある一点だけで）交叉するというのは面白いと思うのだ。これには何の必然もなく、純粋な偶然だけが関わる。そのシンプルさが美しい。しかもＡ・Ｂの組み合わせの、驚くべき意外性。私の愛してやまない「ＭＬＢの選手」と、かたやこれも魅せられた「文豪」。妻に「あなたにはたまらない話ね」とからかわれたが、本当にタマラナイのだ。いやあ、楽しませてもらいました！

5　川は呼んでいる
―長尾川の風景―

はじめに

フランス映画「川は呼んでいる」

一九五〇年代末「川は呼んでいる」というフランス映画があった。パスカル・オードレという名の可憐な主演女優の名前と、日本ではシャンソン歌手の中原美沙緒が歌った主題歌のメロディが強く印象に残っている。

しかし私はこの映画を見た記憶はないのだ。先年のフランスへの旅の際、プロヴァンスのリュベロン地方を廻るオプショナル・ツアーに参加した時、この映画のことを思い出したのだ。日本人のガイド兼ドライバーが案内してくれる一日または一泊の旅行で、エクサン・プロヴァンスの駅に車が迎えに来てくれた。このときは参加者が他には居ず、貸し切り状態のツアーであった上に、Oさんというすばらしいガイドにあたり、満足度は一〇〇パーセントの旅だった。彼がなぜすばらしいかというと、ガイド内容が単なる観光案内だけではなく、その土地の風土や歴史、文学や映画、途中の風景の中に見られる植物（木や花）の名に至るまで、知識が豊富でガイドが行き届いているのだ。

『木を植えた男』という作品を書いた地元作家ジャン・ジオノの話から、「昔、「川は呼んでいる」という映画があったでしょう？　あの原作もジャン・ジオノなんですよ」とOさんが言った。そして私はパスカル・オードレという女優の名を突然思い出し、「♬♬ デュランス川の流れのように／子鹿のようなその脚で／駆けろよ駆けろ　／かわいいオルタンスよ　……」という主題歌の歌詞とメロディが浮かんで来た。眠っていた記憶が呼び覚まされたのである。

デュランス川は、このあたりを流れている川で、ローヌ河の支流だという。パスカル・オードレの顔は覚えてない。何しろ映画は見てないのだ。ネットでポートレートを探したがなかなか見つからない。きっと著作権・肖像権の保護のためにカットされているのだろう。やっと見つけることができた彼女は、とびっきりの美女だった。若き日のアラン・ドロンとのツー・ショットなどもあって、時代がよくわかった

彼女が演じたかわいい少女を呼んでいた川は、「デュランス川」であったが、かわいげのないこの老人を呼んでいるのは、自宅のそばを流れている「長尾川」という川である。

「長尾川」はこんな川

長尾川は、静岡市北部の山々に源を発する二級河川巴川水系の川で、巴川と合流し駿河湾に注ぐ。雨の少ない時期には水がほとんどなく、河原は石のごろごろした殺風景な川になるが、大雨が続いたときにはたちまち増水し、暴れ川になった歴史を持っている。四〇年ほど前の「七夕豪雨」と地元では呼ばれている五〇〇ミリ以上の集中豪雨のときには、市内の他の川とともに氾濫し、九〇〇〇戸以上の床上浸水という大被害が生じた。さらにその六年前には、二年続けて左岸が決壊し、田畑は土砂に埋め尽くされた。度重なる水害に耕作を続ける意欲を無くした近隣の農家の人々は、ここを買ってくれる人があれば売りたいという意志を持つようになる。私の勤めた学校法人の先代理事長は、先見の明があり、ここを買収して高校・短大を新設した。これ皮切りにして学園は大きく発展した。つまり、この長尾川はきわめて個人的な因縁なのだが、私の大半の人生に、大きな意味を持った川だったのである。この川が暴れなければ?、学者が創った貧しい私学は校地をやすやすとは得られなかったであろう。短大・大学は出来ず、私は他のどこかの大学の教員になっていただろう。瀬名の地に住まなかっただろうし、多くの出会いもなかったにちがいない。

「七夕豪雨」以後、川は堤防工事や浚渫工事によって面目を一新、川べりも行政や地元のボランティアなどの努力で魅力あるものになった。退職後、ウォーキングが必修科目になった私には、出来たら毎日顔を出すべき、恰好のトレーニング場（いや散歩道かな?）になったのである。

一章

カワセミと鳥たち─観念ではない〈自然〉─

長尾川のほとりを歩くことになって、私が最も感激したのは**カワセミ（カラー口絵13）**を何度も何度も見ることができたことである。この川にカワセミがいるとは全く思わなかった。「青い宝石」と呼ばれるその美しい姿は、見るものを魅了する。背中から尾にかけては金属光沢のある鮮やかな青、胸から腹にかけては橙色、黒い嘴(くちばし)が長く、やや大きめの頭とともに、特徴あるかわいい体型をつくる。水面に伸びた枝、張り出した岩、岸辺のやや丈の高いしっかりとした草などにとまり、眼下の流れをじっとみつめ、魚影に向ってダイヴィングする。捕らえた魚は頭から呑み込む。大きい魚は足元の岩などに何度も叩き付けて、弱らせてから呑み込むということだが、こういう場面に出くわしたことはない。居場所を変えるのか、川面を低く一直線に飛ぶときもあるが、こういうときはまさに「青い閃光」だ。

カワセミは清らかな渓流にいるのだろうというイメージがあったのだが、ものの本によると、海岸付近や低山の湖沼、池、河川などにも生息するらしい。流ればかりではなく、多少淀むところもある方が捕食にいいのだろう。巣は崖に横穴を掘るというから、カワセミに出会う度に周りを見回して、「お前はどこから来たのだろう?」と心中つぶやいたが、川の西のさほど遠くないところに低い小さな山並みがあるので、ここかと見当をつけた。繁殖期になると雄がえさをとって、雌にプレゼントする習性があるといわれるが、残念ながらこういう場面も見たことがない。大体見つけるときはいつも一羽で、一度だけ数メートルの至近の距離にいた二羽を見たことがあるだけである。雌は下の嘴が赤いということになっているが、バード・ウォッチングではなく、ウォーキングに来ているのだと常に言い聞かせているので、双眼鏡は持つことがなく、彼女の魅力の「紅い唇」は確認できなかった。

カワセミを一度見つけると、その後また何度でも見つけたくなる。これは私に限らない。野鳥の中では人気抜群のスターなのだ。ちょっとした川べり、公園の池などで人が集まっている所があり、何がいるのですか?と聞いてみると、カワセミを待っている人たちだったという経験が何回かある。

私などはウォーキングを始める際には、毎回いささかの意気込みを必要とするのだが、カワセミを見られるかもしれないという期待はそのための大きな力になる。

もちろん期待通りにカワセミを見つける確率はそんなには高くない。しかし何度か成功と失敗を重ねると、その確率を高いものにする条件がだんだんわかって来るようなところがあるのだ。カワセミに漁の場をどう選ぶかその条件を聞いてみるとしたら、彼は多分こう答えるであろう。まずあたりまえだが、魚が集まりそうな所、淀み具合や流れなど水の様子が飛び込みやすいかどうか、自分がとまる足場がしっかりしているかどうか、他の鳥や人間たちに邪魔されない場所か、などが条件ですーと。

こういうことを人間なりに考えて、今日の天候や時刻から言って居そうかどうか、今日居るならここに居そうだなと、私は咄嗟に判断できるようになったのだ。もちろん百発百中というわけにはいかないが、ひところ連日のようにカワセミを見つけたこともあった。こうなると、可憐なカワセミを獲物に見立てるのはまずいが、大げさに言うならば、獲物をねらういっぱしの狩人のような気分になる。ウォッチングがハンティングと重なって来る部分があるのだ。本物の狩人は、天候、風の流れ、方向、周囲の音や匂いなどにも神経を集中し、五感を研ぎすまして獲物を見つけようとするのだろう。そんな感じでカンを働かせて、案の定そこに小さな青い宝石のきらめきを見つけると、ドキドキする。狩人の野性の血の騒ぎをいわば疑似体験したような気がしたりする。

これは、カワセミという一つの小さな生き物と、私がこれまでには経験したことがなかった感覚で結ばれたということを意味する。それは生きている〈自然〉を観念的なものとしてではなく、一つの具体物によって、より深く〈実感〉したということであろう。

こうしてカワセミの存在は、長尾川の水辺に生きる他の鳥たちへの興味と関心までも高めた。それまでは全くの鳥音痴?であった私に、識別できる鳥が飛躍的に増加したのである。ただこの川は前述のように、水がほとんどない時期がかなり多いのだ。以下は水が滔々（とうとう）と流れている、長尾川が最も川らしい時のことと理解して、読んでいただきたい。最近はこれも異常気象のせいであろうが、この時期が短くなっているのは、まことに残念である。

この川に一番多いのはセキレイの仲間である。セグロセキレイが圧倒的に多いが、黄セキレイもいる。流れのなかの小さな岩をぴょんぴょん飛び移っている彼等は、ペアでいることが多く、一羽に注目した場合、よく見ると近くに必ずといっていいほどもう一羽がいる。

次に目立つのはサギの類である。大型のアオサギは、孤高の修行者のように凛とした恰好で、みじろぎもせず流れの中に立っている。魚影を見定めてそちらの方に少しずつ歩みを進めて行く。後頭部の黒くちょっと長い髪のような冠羽が数条、風になびくのが何ともカッコイイ。ボストン・レッドソックスにバックホルツという、モデルと結婚した自身もスタイルのいいピッチャーがいるが、彼のヘアスタイルも後頭部に同じような髪がなびいていて、いつもアオサギを連想してしまう。もう一種全身が白い小型のコサギというのがいて、どういうわけかアオサギがいるとコサギもそのへんにいるのである。背の高い青年に惚れていて、いつも傍にいたい小柄の娘に見えたりする。

あるとき、流れのなかの飛び石に、初めてみる一羽の鳥がとまっていることに気づいた。私が鳥に関心を持ち出したころ、バード・ウォッチャーの旧友が贈ってくれた『フィールドガイド 日本の野鳥』を帰宅後開いて、ジョウビタキという鳥であることを知った。冬鳥で全国的に渡来、水辺の鳥では必ずしもないらしい。彼女（と、かってに決めてしまったが）は、灰褐色の羽根に一カ所あざやかな白い斑点を持ち、私は紋付の羽織を着ている姿を連想してしまった。彼女は古風でしとやかな女性だ。そんなたわいもない「見立て」は、時につらいウォーキングのひとときの慰めになるし、これでジョウビタキという鳥の名と姿はしっかりとおぼえた。

川の中で真っ黒い鳥が首を水に突っ込んだり、羽根をバタバタ動かしたりしている。これが名高い？「鳥の行水」かと思ったが、長湯で、なかなか上がって来ない。どうもカラスではないらしいと気づいた。これも前記の本で、カワウと知った。カワウに会ったのはこの一度だけである。もっともカワガラスというのがあるのを後で知ったから、こっちだった可能性もある。

またあるとき、数人の人々が自転車を引っ張って、向こう岸をしきりに双眼鏡で見ているところに出くわした。バード・ウォッチャーたちがお目当ての鳥を追いかけてここまで来たらしい。鳥は何ですか？と聞くと、ヒレンジャクだという。双眼鏡をちょっと覗かせてもらうと、数本ならんだ丈の高い木の一本に、頭部に冠のような、とさかのような突起のある鳥がとまっていた。冠や顔の部分が上品な赤だ。「ヒ」は緋色のヒなのだ。色もかたちも美しい鳥である。『フィールドガイド日本の野鳥』には「冬鳥として渡来するが、まったく来ない年もある。春に太平洋岸の各地に出現し、イボタノキ、ヤツデ、キヅタ、ヤドリギなどの実を食べる」とある。日本には「まったく来ない年もある」というかなり珍しい鳥に会えたのは、バード・ウォッチャーたちのおかげであるが、川へ毎日のように出ていなければ、こういう僥倖にもあずかれなかっただろう。

長尾川は私の〈自然〉を深くしてくれただけでなく、広くもしてくれたのだ。

ジョウビタキの例のように、何か見たものを別のものに「見立てる」のがどうも私の癖のようだが、一つには、いつも同じ堤防の道を歩いているウォーキングは、時として単調きわまりなく、退屈しのぎにそんなストーリーをこしらえたくなったりするのだ。また私には生来、ものの形を見て、それが何に似ているかを咄嗟に言うというヘンなわざがある。生まれてはじめて飛行機に乗って、雲海の上を飛行しているとき、雲海から上部に突き出している雲のかたちがいろいろなものに見えて飽きなかった。人物、動物、怪物、樹氷に覆われたように雲に覆われている樹々—。童心とか詩心とかいった素敵なかわいらしいものではなく、いささか自虐的にドライに言えば、形象連想癖過多症候群とでもいうものであろう。

二　章

瀬名乙女—ふるさとの山の永遠性—

実はこの症候群による「見立て」の自信作が長尾川にはある。それは上流に連なって見える山並みの中に、横たわっている**「瀬名乙女」（図7）**である。

長尾川の名称の由来は、長尾川背後の「山の尾の長さをいへる」（『駿河国新風土記』）とする説もあるように、上流の山々は長く連なる尾根でかたちが複雑で、何かに見立てたい心理を駆り立てる。ただ近くの巴川ほどではないが、かなり蛇行する川であるために、同じ堤防の上からでも場所によって山並みの見え方が違う。そこで私は自分がよく歩く所からの景色を中心に考え、自分本位で行くことにした。その結果背後の山々の中でも最も名の知られる、かつ長尾川の象徴的存在の竜爪山を含む一帯を、「瀬名乙女」と名付ける娘の寝姿に見立てたのである。

「瀬名乙女」は決して美女ではない。おでこで、鼻ぺちゃで、おちょぼ口である。しかし、健康的で素朴な娘である。固そうな胸はうず高く盛り上がり、髪は寝姿なので、束ねた髪をまっすぐ後ろに寝かせている。

彼女の姿をもっともはっきりと見ることが出来るのは、ある橋の上からである。これは橋というよりも橋梁という感じの構造物で、車は通れない。名前は橋自体にも地図にも書かれていない無名橋である。それもかわいそうなので私は秘かに「乙女橋」という名を与えようかと思っている。

図7　瀬名乙女

この「瀬名乙女」の見たてを実物を目の前にして聞かせてやると、二つのタイプの感想が出るに違いない。一つは「あれは竜爪じゃないか?あれがオッパイだって?」これは地元の人々の考えられる反応である。竜爪山は静岡市民にとっては、中・高生のとき、度々学校行事で登った、山なのである。あの二つの盛り上がりは「竜爪山」という山であることを身に叩き込まれて知っているので、「乳房」なんていうイメージは、飛躍があり過ぎてついて行けないのである。まあこれは時間をかけるしかない。

もう一つのタイプは、うるさ型の論理派で、彼はこういう。「ちょっと無理だな。真横から見た寝姿だったら、胸の二つの隆起は重なって一つに見えるはずだ。でも二つ見えるじゃないか。」――こういう人には私はこう言ってやるつもりだ。「君はセザンヌの多視点というのを知らないのかい」――。以下の説明はこうだ。セザンヌのリンゴの絵は、卓上のリンゴや壷や籠を、一つの視点から伝統的な遠近法で見て描いてはいない。あるリンゴは真横から、ある壷は斜め上からというように多視点から見て描いている。そのためにキャンバスの上には、伝統的な遠近法によらない、新鮮な新しい空間が生まれたのである。ピカソの、眼は正面を向いているが、鼻は横から見た形を描いているというような女の顔は、セザンヌがいなければ生まれなかった。セザンヌが後に「近代絵画」の父とされるのは、そのためだ―と。つまり「瀬名乙女」はリアリズムではなく、シュールレアリズムやキュビズム的な表現の入った造形なのだ。

「瀬名乙女」は遊び心による「見立て」ではあるが、私は山と川という「ふるさとの自然」というものの本質を、そう企てたわけではないが、結果として表現できたかなと思っている。「ふるさとの自然」はその永遠性が生命である。それを身近に見て育った人間は、たとえ自分がこの世から消えた後でも、この山と川の姿は残るであろう、そうあってほしいと願うのだ。

過去も考えてみよう。私はときどき、ウォーキングの足をとめて思う。この山並みのかたちは数百年前もそんなに変っていないであろう。（噴火活動をしていたり、それを秘めている山は別である。また川はかなり変り得る。しかし竜爪を中心とする北嶺を水源とする水の流れは、多少枝分かれする流れ方が今と変わっていたとしても、この平地を巴川などとともに流れていたであろう。原長尾川があったはずである。）

この地に在る人々は、いつの時代もこの「瀬名乙女」を仰いだにちがいない。例えば鎌倉時代、源氏の武将梶原景時の一行は、狐ケ崎の戦から敗走し、今、梶原山と呼ばれている長尾川の東の山に到って自刃した。覚悟を決めた鎌倉武士たちのまなじりを決した眼にも、また戦国時代この地に生まれ育ち、後に人質徳川家康の最初の妻となった今川氏ゆかりの瀬名姫の娘らしい眸にも、「瀬名乙女」が横たわるこの山地が、今と同じように映じたはずである。

こういう郷土の名のある歴史上の人物を思い浮かべるならば、過去にもさかのぼる「ふるさとの自然」の永遠性というものに、納得してもらえるのではないか。その永遠性の象徴が、素朴でたくましい、〈いのち〉を生み育むことができる〈女性〉だというのは、我ながらよく出来ていると言わせてもらおうか。

季節のめぐりの中の「瀬名乙女」は、さまざまな気配を感じさせる。最も華やかなのは言わずと知れた桜のシーズンである。長尾川右岸の満開のソメイヨシノの並木を前景とした彼女は、花も恥じらう風情であると言っておこう。みずみずしい若葉の中では、やはり匂い立つ娘盛りの女の子だ。しかし一番いいと思うのは、秋のよく晴れた日、蒼穹のもとに横たわるくっきりとした姿である。彼女は寝姿ではあるが、元気よく今にも起き上がって活動しそうだ。

山の姿ほど長期にわたって変らないものではないが、この川辺に見えるさまざまな樹木―特に巨木―も〈自然〉の長い生命を語るものである。左岸に住民のお手製の札が木の傍に立つ三本の巨木がある。曰く「静岡市最大級のムクノキ　目通り四・六m」、「静岡市一のエノキ　幹周囲六・一五m」、「静岡市最大級のソメイヨシノ（以下判読できず）」。これらの札は地元の巨木に対する住民の愛情やプライド（または郷土自慢）が感じられる。この三本の他にも近くにソメイヨシノ、クスノキ、ケヤキの大木が数本ある。また川からやや離れた場所だが、この地区には、よく知られたヤマモモの巨木もある。

図８　新緑の頃のもう１本のエノキ

それから、これは特に有名でもなく、木も「静岡市第二のエノキ」とまでは言えそうもないサイズだが、堤防の上の周囲からよく見える絶好のスポットに、**もう一本のエノキ（図8）**がある。何の木か知ろうと、木の下でジャンプし、一枚葉っぱを頂戴し、植物図鑑のお世話になった。この木はウォーキングの距離を調節するバロメーターの一つだ。体調や時間にあわせてどこまで行って戻って来るか、およそ決めておく必要もあるし、途中で変更するときもある。四本の橋とともに、このエノキは重要な目印である。

同時にこの木は、季節のめぐりをつかさどる神様の、この地域のスポークスマンである。葉がすっかり落ちる冬を過して、遠目からも若葉が芽吹きだすと、川の水もぬるんで来るのであろう、川遊びをする子どもがそろそろ見え始める。新緑の緑の濃さ、紅葉の―といっても褐色が混じる色合いのものだが―色づきの具合が、季節の深まりを一目瞭然にあらわす。言い方を変えれば、このエノキは、傍までいかなくともそれがわかる、定点観測？の基準木なのである。

こういう巨木やそれに類する木の他にも、長尾川のわがウォーキング・コースには、折々に楽しむ樹木が高木も低木も少なくない。桜紅葉の傍にあって色の対比のきれいなイチョウ、柔らかい草地にあるので落椿の風情を長く味わえるツバキ―。堤をおりた利倉（とくら）神社には、若葉が美しいクスノキが数本、同じく橘高校には、メタセコイア、緑蕚桜か御衣黄かと思われる緑色の桜、名は知らぬが新芽が美しいヤナギの仲間―などが待っている。

ウォーキングは本来、脇目も振らず、懸命に歩かないと効果が上がらないものであろうが、その効果が多少下がっても、時には止まったり、脇道にそれたりすることも必要ではないか。そして自分の身体にあった歩き方で、〈自然〉を身近に感じる喜びを噛み締めたいものと思う。

三　章

季節の愉（たの）しみ　―花と月―

長尾川の花たちにも心を癒される。土手の上の道端や花壇、土手の斜面（のり面）、土手にくっついている民家の庭、河川敷の土手沿いの僅かな平地などに点在する木や草の花々は、想像するよりも実際は多彩だ。環境整備のための行政の部局、住民のボランティア、個人個人の趣味、植物がみずから増えた自然発生などかたちはさまざまで、またその見分けもつきにくいが、「花が咲いている」のは文句なしにうれしい。

そして、この花々に明確な季節を感じることが出来るのが、日本人のアイデンティティなのではないか。春夏秋冬がはっきりしていて、かつみんな長さが同じくらい、どれかが極端に長かったり短かったりしない―これが「日本の四季」だと思う。（もっとも近年の異常気象は、春と秋を短くしている感がある。残念なことだ。）

花や月を中心に季節の場面にスポットをあてて、長尾川の一年を見てみよう。本当は写真を並べるのがこういうテーマにはいちばんだが、エッセイを書こうというような文筆家？は、文章でまず勝負するのが「筋」というものだろう。俳句をたしなむ人なら、一句あってしかるべきシチュエイションもあるが、あいにくの不調法、しかし「国語」「文学」の教師だったのだから、記憶の中から俳人達の「気分は同じ」という名句を探し出して拝借しよう。

俳句というと、最近急逝した友人今村該吉君のことが偲ばれてならない。中学時代の旧友で、京大に進み、某銀行の役員までつとめた。エッセイを書くという共通の趣味から、晩年旧交が復活した。毎月近詠二十句を送ってくれた。哀惜の思いをこめて、彼の句も採録させてもらう。

では、カレンダーをめくって行こうか。

年が明けてまずほころぶのは、スイセン、ロウバイである。

水仙は花壇に地元の人が球根を植えてくれるのであろう、正月気分が抜けなかったり、寒さを言い訳にさぼり癖のついたニンゲンどもに、凛とした姿を見せて整列している姿は、何とも清々しい。西洋の水仙（ナルキッソス）は、ギリシャ神話の美少年が、自己愛故に死して化した花だということになっている。ナルシズムの語源である。彼我の相違は大きく、水仙に何を感じるかで、日本人度？がわかるかもしれない。「水かへて水仙かげを正しけり　　日野草城」

臘梅（ろうばい）は庭木を栽培している農家の畑に、何本もあったが、この頃売れ行きがいいらしく、減ってしまったのは残念である。「臘梅や雪うち透かす枝のかげ　　芥川龍之介」

ウメは長尾川には見えない。川では風が強過ぎる日に、コースを変えて東の山際の小さな御霊神社まで行く。無人の御堂が一つあるだけである。ここに紅梅の古木がある。ここの風の来ない日だまりでする読書は格別だ。「わが胸にすむ人ひとり冬の梅　　久保田万太郎」

ついでボケ、落ちツバキ。木瓜（ぼけ）には格別の思い入れがある。昭和二二年二月に、私どもの一家は大陸から引揚げて来たが、引揚げ列車で佐世保から三日かかって早朝の静岡駅に着いた。私はこのとき八歳だった。

高校の先輩でもある静岡出身の芥川賞作家の三木卓さんの『裸足と貝殻』という作品に、同じように旧満州から引揚げて来た主人公の一家が、早朝の静岡の街をお堀端の道を通って、身を寄せる親戚の家へ向う印象的な場面がある。三木さんご自身の体験を書いた小説で、三木さんは私より三歳年上であったから、この場面に限らず、私のような子どもにはよくわからなかったところまで、引揚げや戦争の姿を描いていて、忘れられない作品である。私たちも同じように駿府城の堀端を通り、まず世話になる母の実家を目指した。その日の午前中明るい縁側で、祖父や祖母、叔父・叔母たちと、夢に見た内地の春を子どもも心にも満喫していた。このとき、庭前に暖かい赤い色の木瓜が咲いていたのである。七〇年が経つが、このときの木瓜が忘れられなくて、この季節、この花が咲いている一画に必ず行く。「紬（つむぎ）着る人見送るやぼけの花　森川許六」

落椿は好きな春の風情である。土手の上にちょっとした小さな草原があって、赤い落ち椿をしばらく楽しめる。シチュエイションは少し違うが、こんな句がある。「落ちざまに虻（あぶ）を伏せたる椿かな　夏目漱石」

またある三月の末に、小型カメラで撮った、**早春の長尾川の情景（カラー口絵14）**がある。ピンクのウインドブレーカーを着た小学校高学年くらいの女の子が、スラリと伸びた脚を春の川に踏み入れて、歩み出そうとしたところである。女の子の川へ一歩進める一瞬の迷い、春の水面（みなも）のきらめき―これらをたまま捉えた快心の作と言っておこう。タイトルをつけるとしたら、「水ぬるむ」。「水底に映れる影もぬるむなり　杉田久女」

図9　やまぶきと飛び石

四月になると**ヤマブキ（図9）**と、散って道を埋めるボタンザクラ。山吹は少し上流の川の中の飛び石のたもとに咲いている。今日は渡ろうというとき、年とともにときどき足下がおぼつかない私に、ふらふらしないように山吹がエールをくれるような気がする。この山吹が芭蕉の句のように、ほろほろと散っているところは見たことがないが、子規にこんな句がある。「山吹や小鮒（こぶな）入れたる桶（おけ）に散る　正岡子規」

ボタンザクラはソメイヨシノの中に十本くらいある。八重だから花びらは厚ぼったく、散ったものも風などに飛んで行かない。路上に散り敷くのである。そのピンクの花びらの上を母子づれが遠ざかって行ったりすると絵になるのだ。

五月の花は、シラフジ。川の脇の小公園に藤棚が作ってある。紫のヤマフジが山の緑の中に点々と見えるのを遠望するのは、野性が感じられて好きだが、いかにも人が植えて咲かせましたという棚のシラフジの長い房も悪くはない。

「白藤や揺りやみしかばうすみどり　芝不器男」。この句の白藤は、私が実際に見た白藤よりも美しい。もう一つこれは何だか悩ましい句。「藤の昼膝やはらかくひとに逢ふ　桂信子」

モネがよく描いている赤いヒナゲシを長尾川に発見したのも五月だった。花ではないが、月末頃、川の水が充分あると、夕方カジカガエルの涼しげな鳴き声が聞こえる。作者を忘れてしまったが、「かじか鳴くこの溪(たに)出づる術(すべ)知らず」という句が忘れ難い。男と川の宿に逃れて来た女のわずかな後悔？想像癖のありすぎる私には刺激的な句である。

六月、七月、八月はじつはほとんど何もない。六月のアジサイくらいのものだ。よく川の水がなくなってしまう。大雨が降ったときだけ、流れが戻るがまたすぐ枯れてしまう。ウォーキングもじつは川へあまり行かない。夕方、日が落ちてから人々が出て来る。ただ暗いのが老人には致命的で、私は道の凸凹に足をとられて転び、くるぶしの骨を欠いた苦い思い出がある。

そのかわりに九月はすばらしい。一年を通してのオールスター級が出て来る。

まず**ヒガンバナ（カラー口絵15）**である。（ご承知のように曼珠沙華ともいう）。ある区間の両岸にびっしりと咲き誇る姿は、やはり息を飲む絶景と言える。長尾川べりでは、やはり桜が一番、次が彼岸花であろう。花の量が違う。この花はどうして増えるか正確には知らないが、初めは誰かが球根を埋めて、それが広がって行ったのであろうか。毎年、秋の彼岸にぴったり合わせて開く。例年よりも温かくても寒くても同じように咲くと、感嘆されていた婦人があったが、思うに温度ではなく、日照時間を感知して咲くのだろう。白い花がほんの少し混じるが、これはそういう品種なのか、個体が色素を持てない、いわゆるアルビノなのかわからない。彼岸花という花は、名前や咲く時期を仮に考えないとしても、なぜか冥界との繋がりを感じさせるのがふしぎである。花のかたちがいかにも香華の花らしいからか？　「草川のそよりともせぬ曼珠沙華　飯田蛇笏」

しかし九月の風物の主役は、月だ。中秋の名月に向って、日々光を増して行くその姿は本当に美しい。川べりのような、広く開けた空間にあってはその美しさがよけい引き立つ。一晩中屋外に居たいくらいだ。秋の空の真っ青な色を失わない頃に浮かぶ月、夕焼の中の月、もう暗い闇となった夜の中に東の山から吐き出される月、その夜空を西行しつつ刻々と冴えわたる月、時にあやしく懸かる黒い雲に隠されたり、またあらわれたりする月──。満月の日をはさんで、月の出の時刻、その形は日々変わるが、この時節の月が見せる〈風情〉には本当に見惚れてしまう。

中秋の夜は「良夜」ともいう。有名な「人それぞれ書を読んでゐる良夜かな」という山口青邨の句があるが、現代ではさしづめ、（人それぞれスマホをいじる良夜かな）であろうか。せめてスマホの前か後には空を見上げてほしいものだ。こういう私の気持と全く同じ心の句が亡友今村君にある。「しばらくは携帯閉ぢよ良夜なり　今村該吉」

中秋の名月をどこで見たいか？　そう聞かれたら皆さんはどう答えるであろうか？「月などどこ

で見ても同じ」という人もたくさんいるにちがいない。いやその前に「月なんか見ない」が圧倒的かもしれない。こういう人たちには、もう少し日々をオシャレに過してみたら如何、と言おうか。前述の問いに若いころの私は、桂離宮、唐招提寺、大沢の池、正伝寺（立原正秋が褒めた石庭）などと答えただろう。今は、余生は、ここ長尾川で見たいと思う。

秋が深まると、花はキンモクセイ、コスモス。対照的な花だ。立派な樹木と、はかなげな草。香りが命の花と、香りなどは全くなさそうな花。金木犀は、「夜」「遠くから」が決まり文句だ。川では姿は見るが香りは実感しない。「木犀の香に染む雨の鴉（からす）かな　泉鏡花」

コスモスは小学校四年のとき、最初に意識した女の子が、いちばん好きな花と作文に書いた花である。あてられて本を読んでいると、自分の声しか聞こえない状況に耐えられなくて、声が震えて来てしまうという気の小さい子だった。卒業してから一度だけ偶然出会ったことがある。高一のある夕方、校舎の中ですれ違った。定時制の生徒が登校してくる時間だった。コスモスは明治以後メキシコから渡来したという、荒れ地に育つ一年草。長尾川でも土手や畑の目立たぬ片隅に風に吹かれている。「コスモスや墓銘に彫りし愛の文字　富安風生」

一〇月のもう一つの楽しみは、「十三夜の月」である。これは「後の月」とも呼ばれる。旧暦八月の十五夜（中秋の名月）に対して、旧暦九月の十三夜の月である。十五夜でないのは、変化をつけたことと、この時節は日暮れが早く、満月では遅い時刻になってしまうからであろう。ご承知のように、月齢の進行とともに月の出は遅くなる。現代において、（今の暦の）九月の中秋の名月（十五夜）は必ず新聞にも報じられて、例えばスカイツリーと名月の写真などが紙面を飾ったりするが、一〇月の十三夜の方は全く報じられない。自分で月齢をきちんと調べて、今夜がそうだと確認しなければならない。

少し寒くなって来た夜空にこの月を仰ぐときは、いつも薄命の女流作家樋口一葉のことを思っている。今は富裕な家の奥様となっている女性と、かつて恋人であった男とが、お客と車屋としてこの夜偶然出会い、別れて行くというストーリーの名作『十三夜』があるからである。最近、夜の冷気を避けて、自宅の庭からこの月を眺めることが多くなって来たが、やはり長尾川に出て眺めたいものである。「遠ざかりゆく下駄の音十三夜　　久保田万太郎」

秋も冬も日々に深まって行く感じが気持ちよい。花は何があるのだろうか、思い出せない。色づいた樹々が錆び色を帯びて行くのは、「おしまい」を予感させてやはり寂しい。川端の小公園の冬、子ども達の姿はほとんど見えなくなる。春には小学生の孫たちがやって来て、ここで一緒に、もなく缶（かん）蹴りをしたことを思い出したりする。この季節は懐古の季節であろうか。家を出るとき、冷めないようにして持って出る熱いお茶や紅茶がおいしい。「冬ざれの日当る壁の白さかな　　今村該吉」「孤独なるを恐ることなし冬菫（すみれ）　同」

6 北海道　オオヤマザクラの旅

はじめに

オオヤマザクラへの思い入れ

北海道の桜を見に行きたいというのは、数年前からの念願であった。それはひとえにオオヤマザクラ（蝦夷山桜）をもっと見たい――という私の観桜の歴史の中からわき上がって来た望みによるものである。本書掲載の「信濃の桜」に書いたように、私は近年オオヤマザクラに強く惹かれて来た。普通の桜よりもやや大輪の、美しい紅（くれない）をまとった気品のある花。山桜であることを何よりも示している――花よりも先に出て来る――小さな赤みの濃い葉っぱ。全体として、その北国の桜らしい清楚な感じに私は魅せられた。少し花が赤みを持つ桜としては、近年河津桜が人気を集めているが、その南国らしい濃い赤は、桜の花の色としては私には濃厚すぎる気がしてなじめない。どうも私は南方系ではなく、北方系の感覚を持った人間のようである。

「信濃の桜」の桜行脚の翌年、信州の北部をオオヤマザクラの見頃に合わせて訪れ、満開の花々を楽しむことが出来た。大糸線沿線の中綱湖、青木湖の湖畔、長野市の北にある飯綱町の丘、軽井沢町の小公園やホテルなどにあるオオヤマザクラたちである。中でもハイライトは、本州ではおそらく最大ではないかといわれる、飯綱町の**「地蔵久保のオオヤマザクラ」（カラー口絵1 34ページに既出）**であった。

この桜を、私は前年暮れに亡くなったいわば義兄のYさんの家族と見た。オオヤマザクラにはめずらしい一本桜で、樹齢一二〇年、日露戦争のころ、住民が山中で見つけて移植したものという。

オオヤマザクラには、青い空がことのほかに似合う。この日晴れわたった空のもと、こんなオオヤマザクラは生れて初めて見たという感激に私は陶酔していた――。気がついたら、義姉の胸には、夫のYさんの遺影が抱かれていた。二人で見に来ることもたびたびあったという。Yさんが義弟（正確にいうなら義妹の夫）である私に示してくれた数々の親愛の情を思い出して、私は胸が熱くなった。彼の好意に私は充分応えたであろうか。人を亡くした後の空虚感、寂寥感がわき上がって来た――。こうして、この「地蔵久保のオオヤマザクラ」は私に取って忘れられない桜になり、オオヤマザクラという桜の品種へのこだわりは、さらに決定的なものになったのである。

なぜ北海道か？

北海道の、それも道東のオオヤマザクラを見に行こうということになったのには、この品種が「蝦夷やまざくら」という別名があるように、北海道が本場だということに加えて、別の理由があった。旅行をする時期に注文があった。人の混まない時期にしたかった。現役世代と違って、いつでも動ける後期高齢者が唯一持っている贅沢な特権である。4月、日本各地の桜の名所は、押し寄せる国内外（外は主に中国か）からの観光客でごったがえすであろう。これは思うだにツカレて来る。

ゴールデンウィークの喧噪が終了した後、まだ美しく桜が咲いているのを楽しむことができる地域となれば━それは北海道の東半分、いわゆる道東しかない。この地域には、ありきたりのクローン桜であるソメイヨシノはほとんどない。桜といえばあの魅惑の桜、オオヤマザクラなのである。

旅の計画には、市立図書館で見つけた『北海道　さくら旅』がたいへん役にたった。カメラマン兼インタビュアーであるピート・小林氏の著で、二〇〇八年北海道新聞社から発行されている。

開花期予測の困難

だがいつも桜を見に行くとき感じる思いである、「桜行脚（あんぎゃ）ほど時期を確定させることが難しい旅はない」という実感をまたもや感じた。この年も桜の開花期が例年と較べて早く、一度決めた航空機の予約を、変更せざるを得なかった。本当は桜の状況を見定めてから、フライトを決めるべきだが、五月の北海道はゴールデンウィークが過ぎたとはいえ、観光シーズン。桜の時期を仮にでも決めてフライトを確保しなければならない。しかし途中で、この最初の予約では遅過ぎると判断して一〇日早めた。この間、全国的な包括予想だけではなく、北海道の現地予想や近年の実績も手に入れて、独自の開花予想を立てた。これがうまく行って5泊6日の旅はどこへ行ってもオオヤマザクラはまさに見頃で、しかも北海道の広い空は、連日雲一つない快晴続きであった。

第一日

旭川へ飛ぶ

海外へ旅立つのとは違って、出発二時間前に空港に行かなければならないということはなく、国内旅行は気楽である。当日朝静岡を発ち、私達は久しぶりの羽田空港に居た。初めてヨーロッパに行った五〇年近く前を思い出す。成田空港はまだなく、あのときは学園からの一種の研修であったから、理事長以下学園の人々が羽田まで見送りに来てくれた。海外へ行くというのは、そういう時代だったのである。飛行機に乗るのは、このときが生れて初めてであった。

ANAとADO（エアドゥ）の共同運行機ADO 0763便は、一一時一五分離陸した。離陸の前後のある種の緊張感とその次の開放感みたいなものを久しぶりに思い出した。（後発の外国語学部長として、学生の語学研修・留学の相手大学を選考すべく、一月ほどのアメリカ滞在の間に何と確か一六回、離着陸を繰返したことがあった。こう何回も離陸すると緊張感は少しあるのに、つい直前に居眠りをしてしまったことがあった。気がつくと機はもう一面の雲の中。その中に放り出されたような気持ちのいい開放感があった。）仕事の上で最も意気盛んであった時代の記憶である。

一二時五〇分頃旭川空港到着。旭川は魅力ある街だが、前に来たことがあるし、旭川の今年の桜はもう終っているので、今回は素通りすることにする。

空港からバスでJRの駅に向かい、ついで石北線の列車で上川へ行く。旭川から一時間ほど。上川は有名な景勝地である層雲峡への入り口の一つであるが、観光地という印象はあまりない。上川公園という桜の見られるところに行く都合上、あらかじめ駅のコインロッカーの有無を調べたが、「無し」で、緑の窓口で預かってくれるのだという。親切な対応だが、ロッカーがないというのは、観光の街としては如何なものか。そういえば、電話で町の観光課に上川公園の桜の状況を聞いたときも、最近見てないのでよくはわからないという返事でがっかりした。層雲峡の方ばかり向いているのではなかろうか。

しかし、駅前からすぐ近くに見える白い連峰はすばらしい。山は登るものではなく、その姿を見て楽しむものだという、怠惰で変わった趣味を持つ私（これも「信濃の桜」参照）としては、最高の地だ。後で調べてみると、大雪山火山群の二〇〇〇メートル級の「北海道の屋根」ともいえる二〇座の山々が、上川町にはあるのだそうだ。これらの連峰とは反対側の至近の距離にある低い山の中腹には、上川公園と思われる桜のかたまりが見える。これは明日の愉しみとして、タクシーで今夜泊る「大雪 森のガーデン」に向かう。

「大雪 森のガーデン」

この一種のオーベルジュ（宿泊とグルメな食事を提供する施設）は、雑誌で見つけたものだが、予想以上に素晴らしかった。まず立地が最高である。上川の市街地より少し高い丘の上にあるため、大雪山系の真っ白い連峰が目の前に迫力をもって広がる。距離が近く、間には低い山なみとその前の細い森林帯の他は何もないから、いわば山容の全体像のほとんどすべてがドカーンと見えるのである。山頂付近だけが首を出しているような風景とは桁が違う。充分な敷地を持ち、花畑が中心の花のガーデン、樹木が中心の森のガーデン、遊びのための森などが配されている。花々が美しく咲きそろう季節の風景がパンフレットなどに紹介されているのだが、このときは山に雪は見えず、私はこの雪山が白く広く輝いている今が、ここのベストシーズンだと確信した。開園期間は五月中旬から一〇月中旬の五カ月間だけで、私達が訪れたのは、この年の開園のわずか数日後だった。四棟のコテージと東京の有名シェフがプロデュースしたイタリアン・レストランを持つ。

今夜の宿泊は私達だけらしい。食事の前に、花のガーデンを中心に散策する。早春の白い花と青い花を中心に可憐な花々を植えてある。チオドノグサ、プスキニア、シラー・シビリカなどという園芸種の花々である。空が淡青で、まるで自分を花の色に合わせたみたいだ。少し高い所にあるので、桜はまだ咲いていない。雪がまだ残っている。園の中の道沿いに桜と思われる若木の並木があった。近寄ってみたら蕾を見つけられたかもしれない。野性の兎が走っていた。狐もいるという。

味だけでなく、見た目も美しい料理をイタリアワインと窓の外に広がる雪の連峰とともに楽しむ。食べた物をすぐ忘れてしまうのが、男一般の悪い癖だが、残っている献立表によると、皐月鱒（さつきます）、蟹とからすみのタリオリーニ、黒和牛のサーロインステーキ、抹茶のティラミスと苺のソルベなどだった。活字を見るだに美味そうなものを食べたものだ。

大雪山系で最も高い旭岳（この山を大雪山ということもあるが、本来の名は旭岳）はここからは見えない。そのためかどうか知らないが、この上川から見る山々は「裏大雪」というのだそうだ。しかし「裏」などという感覚は全く似合わない堂々たる山並みである。

レストランにある写真で知ったが、真ん中に見えるのは、**愛別岳（カラー口絵16）**という二一一二メートルの山で、形も名前も気にいった。上川町の前身は愛別村といったそうだ。その右に永山岳、その左に比布岳、鋸岳、北鎮岳、凌雲岳の順で二〇〇〇メートル級の山々が続く。そして少し離れてちょっと飛び出した目立つ山、黒岳。深田久弥の『日本百名山』の「大雪山」の章に特に触れられているほどの有名な山で、大雪山系で唯一の山小屋「石室」があるという。

そしてさらに左にニセイカウシュッペ山というアイヌ語のままのような名の山を中心に数峰の山からなる山群がある。二つの山群が普通の写真のサイズでは四枚分くらいのパノラマでないと、納めきれないほどの長さで峰を連ねている。このスケールの大きな景観には見とれる他はなかった。

この夜、移動距離からいえば当然の疲れで、私はすぐに眠った。清潔で暖かいホテル風のコテージである。妻は星を見たくて、就寝前にちょっと外へ出てみたが、あまりの闇の深さに怖くなって、すぐ中へ入ったという。

第二日

朝食の時間に、スタッフが車で迎えに来てくれる。僅かな距離だが、のぼりなので私を気遣ってくれたのである。昨夕と同じ席なのだが、朝はもっと窓外が明るい。特に今朝は広い真っ青な空がたまらない。近景の白樺の幹の色と樹形がアクセントになって白い峰々の風景を際立たせている。テーブルに運ばれて来た、大きな丸いモーニング・プレートの上に、彩りも美しい野菜、卵料理、小さなグラスのジュース、キッシュ、鶏肉のパテ、クロワッサンなどが盛られている。横には一人分の熱いスープを入れた鮮やかな色の金属製の鍋。若い娘なら「かわいい！」と大騒ぎをしそうな朝食であった。このときの写真を後で見たら、何と私は舌なめずりをしていた。

チェックアウトの時刻まで、北海道の自然の中というい気持ちのいいシチュエイションを楽しむ。

雪山を背景にした桜（上川公園）

上川駅の緑の窓口にキャリーバッグを預けて、コンビニ弁当を買い、駅から徒歩一〇分という上川公園に向かう。今日は月曜日だからか、街中を歩いている人影はほとんどない。ときどき庭や玄関先に桜が咲いている民家や事務所めいた建物がある。みんなオオヤマザクラである。つい写真をとってしまったが、この後の公園の桜を見たら、全く無駄な行為だった。

上川公園は、緩やかな丘陵の斜面にびっしりと植えられた**桜林の公園（カラー口絵17）**である。斜面は南面しているので、昨日の「森のガーデン」より桜の開花は早く、今まさに満開である。ある時期（平成一二年とプレートにあった）、一斉に植えられたと思われる桜林で、カメラでどの桜樹を覗いて見ても、背景には大雪山系の白い山なみが見える。そして今日は空が真っ青だと来ている。こんな北海道のオオヤマザクラを撮りたかったのだ！　私は興奮を抑えて、シャッターを押し続けた。

公園内には、年配者三人のグループが楽しそうに昼食を囲んでいただけだった。「どこから？」と聞かれて「静岡です」と答えて驚かれた。この満開の時期に、これだけの花見客というのはこっちが驚きだ。全山が静かで、鳥のさえずりが気持ちがいい。うぐいすの声がしきりに混じる。最近の新聞俳句欄の入賞者の句に「さへづりに　話しかけたき　時もあり」という句があったことを思い出す。鳥の声に耳を傾けることがある人なら、誰もが思う心理を巧みに表現した句だ。正午なのだろう、洋風の鐘の音が響く。まだ若い木々が真っ直ぐに生え、花や葉がさほど密生しないかたちなのがさっぱりした感じで、北国の桜らしくていい。遅い春をひっそりと迎えている風情だ。コンビニ弁当はちょっと桜にそぐわなかったが、部屋で作って来たポットの紅茶がうまかった。

特急大雪1号

一三時二七分発特急大雪1号に乗る。網走（あばしり）まで約三時間の列車の旅である。石北線は初めて乗るが、昨日旭川から新旭川を経由して、上川までこの路線に乗っているのだから、今日上川から網走まで乗れば、おおげさな言い方だが全線走破ということになる。石北線は北海道でも鉄道マニアに人気のある路線だという。廃駅が次々にあったり、人跡未踏と言ってもいい個所があったり、ある個所から列車の進行方向が反対になるスイッチバックがあったりするからなのだろう。

テッチャンではない私も北海道らしい窓外の風景に見とれた。遠軽（えんがる）という駅までは、沿線に人家がほとんどない山の中が多く、なるほど人跡未踏の秘境だ。木々はひょろひょろと丈はあるが葉が細く、新芽がまだのものも多く、標高の高いところの木だ。少なくとも高温多雨の地の木ではない。

常紋トンネルにさしかかる。全長五〇七メートル。このトンネルには悲惨な話があって、五〇年ほど前に退避所の壁の中から、頭骸骨に傷のある人骨が発見された。たこ部屋から逃げようとした人夫が見せしめに殺され、埋められたと推定されているという。苦労の多かった開拓時代の北海道には、さぞかしさまざまな逸話があったことだろう。

このあとは北見を中心とする畑作地帯。北海道でも有数のタマネギの生産地だそうだ。人間の少ない土地と言えど、生活や文化の風景がある。カラフルな屋根の人家、小さいが現代的な建物の昆虫館。ガラスの窓を飾る蝶の透かし絵？　がすてきだった。桜は少なかった。学校と思われる建物の傍の土手に数本見ただけである。しかしオオヤマザクラだ。

空港のある女満別（めまんべつ）を過ぎると、窓外に水面が見え隠れして来る。網走（あばしり）湖だ。はるばる網走までやってきたわけだ。「網走」の名が入った写真を撮ろう。一六時三五分到着。ホテルの迎えのバスがいた。

第三日

パノラマの中の桜（網走 天都山）

昨夜は網走の隣の駅「呼人（よびと）」にある九階だての大型ホテルに泊る。

今日はまず網走の桜を見て列車で摩周に向かうが、途中の知床斜里で降りて、この街の桜を三カ所見るつもりである。網走の桜は、天都山、網走神社、網走刑務所周辺などが見所らしいが、移動する余裕はないので、一カ所にしぼることにする。咲いている場所の選択の問題で、この地ならではの場所は天都山だと思った。刑務所は有名だが、そこを見たいという興味は全くない。

天都山は、網走駅からさほど遠くない地の小さな山（標高二〇七メートル）で、山というよりも台地という感じ。しかし天上の都に遊ぶようだと、この名が付いたほど眺望がすばらしい所だという。バスがあるが、また列車に乗る都合を考えると時間の余裕はない。タクシーで行くことにする。旅でタクシーに乗る利点は、土地のことを途中実地を見ながら説明を受けられる点だ。しかもただ一方的に聞くだけの観光バスのガイドなどと違って、こちらに主体がある質問ができる。例えば網走刑務所と網走監獄は違うこと（監獄の方は博物館）、列車からも延々と見えた水路のような川は、網走湖からオホーツク海に注ぐ網走川という川で、ふだんは淡水に近いが、冬期強い北風が吹き、逆流して網走湖に海水が入ることがあるなど、教えてもらった。

天都山頂上のオホーツク流氷館前で下ろしてもらう。ここの屋上からの眺めが最高だという。流氷館に入らなくても屋上には無料で行ける。朝から入館とともにまず屋上に上がるなんていう客はいないのか、屋上には誰もいない。確かに嘆声を漏らしてしまうような眺望だった。

眼下の山の中腹に咲くオオヤマザクラの樹々の向うに、網走の市街、その向うにオホーツク海、そしてさらに向うに知床半島が横たわり、知床岬、硫黄山、羅臼岳までもが見える。今日は雲一つない快晴だからだ。反対側に目をやると、網走湖、能取湖が眼下に青々とした水を湛えている。この**大パノラマ（カラー口絵18）**、あるいは大ジオラマの中に、満開のオオヤマザクラたちは、陽光の輝きを浴びた紅（くれない）のグラデーションとして、静まりかえっている――。まるで夢の中の情景のようだった。夢だとしたら、白昼夢だ。天都山周囲には一〇〇〇本のオオヤマザクラがあるという。

せっかく来たので、入場料を払って入り直し、流氷を撮った映画を大スクリーンで見る。また水中の天使「クリオネ」を孫の女の子のためにカメラにおさめる。後は省略。

釧網線　知床斜里に途中下車

網走一〇時二四分発の釧網（せんもう）本線に乗る。この次の列車は何と約五時間後の一五時一〇分までないのだ。北海道を列車で動いてみてよくわかったのだが、ダイヤは朝と夕に偏っていて、日中は運行がないのだ。安定した通勤客がとにかく乗ってくれるようにというダイヤ編成なのである。廃止駅や廃線が出ている北海道の過疎化があらためて思われ、胸が痛い。

次に降りて桜を見るのは知床斜里駅である。ここの桜は秘かに期待するところが大きく、私は楽しみにしているが、そこで今夜の宿泊地の摩周に行く列車に再び乗る時刻までは（網走で乗るのを朝の列車にしたため）五時間あるので、たっぷり楽しめそうだ。

進行する列車の前方に秀麗な山容が度々姿を見せる。海別岳（うなべつ）と斜里岳である。列車の進行につれて、両側の車窓や運転席の前の窓から見えたり、隠れたりする。通路に出て写真を撮っていたが、強敵があらわれた。カメラを持った中国人の女性である。前方の車窓にカメラを向けている私の横を、度々すりぬけて前に行こうとするのである。抵抗してみたが、何だか滑稽で笑ってしまった。

十一時過ぎ、知床斜里に着く。駅前にオジロワシの銅像がある。鳥なのに人間の銅像と同じくらい大きい。昔の大名や郷土の偉人ではなくて、土地の保護動物の銅像にしたというのは、センスがあり、この町が気に入った。オジロワシはこれから飛んで行く方向の天を仰いでいる。知床の入り口にあり、それが駅名にも表れているが、今回は知床へは入らない。熊はいても桜は咲いていそうもないし、私は昔、勤務していた短大の学生と行ったことがある。

この町の桜のお目当ては、廃校になった二つの小学校の校庭と、ストーンサークルとよばれる縄文時代の遺跡にある桜である。私は桜樹そのものの魅力はもちろんだが、その桜樹がどこに、どんな環境にあるか、どんな歴史をくぐって来たかも大きな問題とする。桜を見るのも「うるさ型」なのである。

図10　斜里岳の雄姿

旧越川小学校、旧朱円小学校、ストーンサークルへは駅前から出るバスで行くことが出来、およその時間も調べてあるが、三カ所の方向や相互距離などはわからない。貸し切りタクシーがいいと考えた。駅の information の女性職員が、駅前の待ちドライバーに情報収集と料金の交渉をしてくれる。

女性ドライバーと話はまとまって、まず旧越川小学校へ。こちらの方向には駅前商店街などはなく、すぐ田園地帯に入る。畑が耕してあってまだ何も生えてないのはビート畑、青いのが見えるのは秋蒔き小麦だそうだ

美男美女の山二つ

広々と開けている畑の向うに雪を山肌に残した、列車からずっと見えていた形のいい山が左右に見える。我々と山との間にはほとんど何もない。畑以外はきわめて低い前の山なみぐらいしか見えず、人工物がない。だから大げさに言えば、山は地平線の上にそびえている。広い北海道らしい風景だ。

二つの山は右が斜里岳、左が海別岳である。**斜里岳（図10）**（一五四五メートル）は稜線に角ばっ

たところが目立ち、彫りの深い美しい山である。いうなればイケメンの男山だ。深田久弥の『日本百名山』には堂々入っていて、深田は「かねてからその姿を写真で見て、私の憧れの山の一つであった」と書く。しかし深田が「その実景に接した」のは、いつも悪天候にさえぎられ一回だけだったとも書く。今回の私は、本当に雲一つない快晴続き。その凛々しいイケメンぶりに何度も見とれた。**海別岳**（一四一九メートル）の方は山肌に円みがあり、まぎれもなく、たおやかな女山である。春先に見える残雪の形が作物の蒔付け時期の目安とされた（『北海道の地名』平凡社）。こんな山が二つながらいつも身近にあるのだから、斜里町はいいところだ。

廃校の桜（二つの旧小学校）

女性ドライバーは、数年前に親子何とかという体験教室のようなもので、子供さんと金沢からこの斜里に来て、いいところなので住みついたのだそうだ。おしゃべりに過ぎず、親切な人だった。北海道には、急降下してくるシギの仲間の鳥がいるという話などを聞いた。

旧越川小学校は、斜里の中心部からは一番遠い。斜里での時間が短かった当初の案では、カットせざるを得ないと思っていた。網走を発つ列車を早めて（そのかわり網走の桜は天都山だけにして）来ることが出来た。ここにこだわったのは、参考にした『北海道　さくら旅』の**旧越川小の桜（カラー口絵19）**の風景の写真が印象的だったのである。列状に植えられている満開のオオヤマザクラの下に、白い木馬やまだ赤や青の鮮やかな色が褪せてない、「雲梯（うんてい）」のような遊具が残っている無人の校庭の写真であった。この風景は見たかった。

敷地の入り口には「旧越川小学校　森のまなびや越川87」という小さな看板がある。廃校になった後、まだ残っている校舎を生涯教育の場にしたのだろうか。白い馬は木馬ではなく、コンクリートで作られていた。八八年の歴史をもつ学校だったという。ここに咲いているオオヤマザクラたちは、この校庭の子供たちを何年見続けていたのだろう。斜里岳が桜の端に見えた。

もう一つの**朱円小学校の桜（カラー口絵20）**も見事だった。代々の卒業生たちが植樹して来たのだそうだ。中でも印象深かったのは、グランドだったと思われる空き地の外周に見えるオオヤマザクラの樹々を、目の前の十数本の白樺の樹間から遠く眺める風景だった。白樺の幹の白とオオヤマザクラの紅色がきれいな対比で、かつ北海道らしい。この学校にも子供たちが遊んだ遊具、青いジャングルジムがあった。遠く見えたのはこちらも斜里岳だったと思う。

廃校の桜―というと、寂しさのある風景と思ってしまう。かつてここで賑やかに聞こえた子どもたちの声。もう永遠に聞こえない声。桜は子どもたちの姿を覚えているだろうか―etc. どうしても感傷的になってしまうのだ。しかし、全く間違いだった。ここの廃校の桜は、明るくて強い―。それは北海道という土地が持つ明るさとたくましさの故だろう。そして陽光が降り注ぐ眩しい今日の天気。人は過去を感傷的に思うよりは、今を肯定的に感じるのだ。

また桜の生き物としての強い生命力を忘れてはならない。人間がどんなに感傷に浸ろうと、どんな感情を持とうと、生命体としての桜は己れのあるがままに、つまり無心に花を咲かせるのだ。そこに桜の美しさの根底の本質がある。こんな当たり前のことを、廃校の桜は教えてくれた。

廃校の桜の現在と未来が―そして過去も少し―気になって、旅から帰ってから、この跡地の管理をしていると思われる斜里町の教育委員会に電話をかけてみた。親切にこたえてくれた教育委員会によると、越川小は平成一四年度末まで、朱円小は平成二七年度末まであったそうだ。廃校といっても他の学校との統合であったかも知れないが、鉄道事情に加えて、北海道の過疎化の進行が心配される具体的な数字である。

今、元・朱円小は博物館が農業資料保存館として使い、元・越川小は財務課の所管になり、民間に活用先を求めているそうだ。どちらの桜もよく手入れされ、管理が行き届いているように思われた。この美しい桜がいつまでも、斜里町町民の、そして旅人の目を毎春楽しませてくれる存在であり続けることを、願わずにはいられない。

縄文遺跡の桜

もう一カ所のお目当てストーンサークルも興味深かった。正式の名は「朱円環状土籬(どり)」という。三千年位前の縄文後期の遺跡で、周囲に土塁を廻らせた外径三、四〇メートルの円形（二つある）の中に、いくつかの積石墳墓があり、「斜里朱円周堤墓群」とも呼ばれるらしい。サークルの底からは土器、石器、ヒスイなどに混じって、人骨も発見されている。案内板によると、人骨は分析の結果「壮年前半」と「熟年前半」の女性と十歳くらいの子どものものと判明しているという。昭和二〇年代に発掘・整理が行なわれたらしいから、桜が植えられたのはそれ以後だろう。二人の女性が眠っていた縄文の遺跡を桜で―しかもエゾヤマザクラで―飾るなんて、何といい思いつきだろう。やはりセンスの問題だろう。ストーンサークルの桜は、桜のトンネルになっているところもあり、立ち去るのが名残惜しかった。

女性ドライバーに、遅い昼食を食べるレストランを紹介してもらって、そこで降りる。途中、後で斜里駅に向かう近道を教えてくれた。レストランは「◯◯くらぶ」というペンション兼喫茶。木造の白い建物がおしゃれだった。

駅へ行くも、まだ摩周へ行く一五時五六分発の唯一の列車までは時間がある。案内所で聞いた斜里大橋という眺めのいいスポットに行ってみることにする。斜里川がオホーツクに注ぐ河口にかかる大きな橋である。ここからは海の方角に海別岳がよく見えた。斜里岳は川向こうに見える。河口の砂地に流木と一目でわかる原木が一本だけ落ちている。オホーツクは浪が高かった。

ちゃんと列車に乗れて、一七時一八分摩周に到着。迎えのバスで今夜のホテル（プリンス系）に向かう。ここは私の希望で連泊する。このへんで移動続きの毎日から、そろそろ休養日をとりたい。

第四日

古潭の桜（屈斜路湖畔）

ホテルは屈斜路湖畔の大きなホテルだ。水辺すれすれに立っている。屈斜路湖は大きい湖で真ん中にかなり大きい中島がある。大きいだけにどこか茫洋としている。身体の大きい、こんな女の子がよくいるような気がする。

広い食堂のバイキング、広い浴場の風呂。眠って醒めると、窓の外は一面の霧だった。真下の水辺の霧の中で夫婦が体操をしていた。

きょうはのんびりとこの湖の傍で過ごそう。弟子屈のアイヌ古潭の桜を見に行く。古潭とはアイヌの集落だったところで、昔、「コタンの口笛」という児童向けのラジオドラマがあったような気がする。阿寒の古潭が大きくて有名だが、弟子屈の古潭も、アイヌ民族資料館があるし、そこそこ知られていると思う。しかしホテルのフロントは、「古潭の桜」は聞いたことがないという。そして和琴半島の入り口にある桜並木がいいのではないかという。しかし、今回の旅に参考にした『北海道　さくら旅』は、「古潭の桜」を推奨している。この顛末には、二つの理由？があったようだ。

まず「古潭の桜」の中心は、Sさんという個人の所有の農場の桜なのだ。これは公式には推薦しにくいのだろう。また弟子屈町役場観光課の女性は、電話のやり取りの中で、「プリンスは、全国に展開しているホテルだから、転勤も全国規模なのよ。地元のことはあまり知らないのよ。」――。ナルホド。

タクシーで行ってもいいのだが、観光地のタクシーは普通より料金が高いし、少し歩きたいとも思う。摩周駅に一日何回か送迎の客を運ぶホテルのバスに乗せてもらい、主要道路と古潭へ向かう道との分岐点（コタン入り口）で下ろしてもらうことにする。後は歩きだ。

こうして十一時頃、私達はリュックを背負い、機嫌良く歩く旅人となっていた。私はふだんリュックは使わない人種だが、北海道に来てから四日目、大分背中への納まりが板について来た。片道二キロ、往復四キロくらいの道のりであろうか。

この道を歩いている人はいなかった。車もほとんど通らない。北海道の田舎の静寂の中を歩く。歩き始めたころは、かっこのいい民家などがあり、よく手入れされた庭には時に桜もあった。人通りがないのは、観光客はあまり来ないということだろう。屈斜路湖の水が流れ出し、そこから川になっている所がある。そこには、川の名を示す看板があった。一字消えかかっているが、「釧路川」と読める。この桜の旅の終着点は釧路だから、そこへ流れて行く、この川にここで出会ったのは、そろそろ旅もおしまいですよ、という予告かもしれない。湖畔だからときどき、樹間や建物の間から湖面が見える。

路傍の雑草に混じって、美しい青が印象的な花が一つだけ咲いていた。小さな房状の花を一房つけている。「大雪　森のガーデン」の花畑に見たエゾエンゴサクに似ている。

「開学の地」の桜（弟子屈S農場）

やがてコンクリートの立派な建物があらわれた。アイヌ民俗資料館である。見頃のオオヤマザクラが周りに数本咲いている。ちょっと入り口を覗くと、アイヌの民族衣裳らしきものが沢山見えた。私はエスニックは感覚的に苦手なので、入るのは後にする。早く桜のS農場に行きたい。

古潭の集落の中を通り、やがて前方に桜色のかたまりが見えて来た。今を盛りに咲いている。向うから車がやって来た。若い二人連れが降りて、農場の道路に近い所に咲いている桜の根本にどんどん近づいて行く。塀も柵もないから、いいと思ったのだろうが、個人の農場なのだから如何にも無遠慮だ。

悪い見本を目の前で見たので、年配者としては（誰も見ていないが）いい手本を見せなくてはならない。ガラス戸の向うの縁側に人影が見えたので、帽子をとって近づいて行く。ガラス戸を開けてくれた。農場の桜を見せていただきたいと礼儀正しく（いちおうそのつもり）いうと、口数は少なかったが、好意の表情を浮かべて承知してくれた。

お許しを得たので奥に進む。まず樹形も大きさも似ている二本の桜が並んでいる。まるで双子みたいだ。見事な満開の桜である。桜樹は全部で三、四〇本はあるであろうか。園芸種などではなく、余裕のある土地に伸び伸びと自然のままに大きくなり、これぞ純正のオオヤマザクラだという桜である。はなやかで、素朴で、気品のある**大輪の花びら（カラー口絵21）**が何ともいえず美しい。黒々とした幹の前に横から**若枝が伸びている（カラー口絵22）**のも魅力的な風景だ。

古い木は概して直線に植えられている。これは、ここがかつて**屈斜路神社（図11）**で、桜は参道に植えられていたものだという説がある。農場の建物群、屋外に置かれたままの農機類、路傍にあったと思われる四体の小さな石仏、鮮やかな黄色に咲くレンギョウの花などに混じって、一本の石柱が立っていた。

図11　かつての参道跡？のオオヤマザクラ

「開学之地」（カラー口絵23）と彫ってあった。この石柱でこの「古潭の桜」は私の中でキマッタ。

私は、旅をした後、見て来た諸々のものの中から、いくつかを調べてみるというのが旅の愉しみの一つであると考えている人種である。感心してくれる人と、何としちめんどくさい人だと呆れる人の両方があるだろう。要は他人の思惑は気にせず、「我が道?を行くべし」ということだ。

「開学之地」の碑の側面は、年古りて読みにくいが、「明治三十九年十月十八日　屈斜路簡易教育所開設」とどうにか読めた。今から一一〇年少し前だ。「簡易教育所」とは何だろう？『北海道大百科事典』の「義務教育」の項には、「開拓期の北海道は「小学校令」にそった学校の体制を十分に整えることができず」、「ほとんどの学校を国の特例による簡易小学校（修業年限三年）とした。」とある。簡易教育所はこの簡易小学校と同じものか、あるいは法制とは別に同じ趣旨でおそらくは民間有志の手で作られたものか。いずれにしても、後年この教育機関の果たした役割を世に広く賞揚すべく、建てられた石柱であろう。明治の屈斜路古潭は、アイヌの人々と和人の両方がいたと思われ、この初等教育機関の果たした役割は大きいはずである。「開学の志」という、人間が持つ最も美しい意志の一つに誠にふさわしい桜であった。

立ち去るとき、ガラス戸の向うのご主人に挨拶をしようと思ったが、どうやらお休みの様子だった。持ち合わせの紙に、御礼とこの桜を末永く守ってくださいと書いて、玄関前に風で飛ばないように石ころをのせて置いて来る。

帰路は、時間に余裕を持って動いているので、どうしてもやや早く着く。コタン入り口にあるHというカフェでバスを待つ。ここのオーナーの奥さんが話し好きの人で、近くの川湯の出身。じゃあ横綱大鵬の生まれた所だというとよく知っていてくれたと感激される。ホテルのバスがもし気づかずに（忘れていて）行っちゃったら、と言うとそれまで聞き役だった旦那が、その時は店の車でホテルまで送ってあげるという。北海道には親切な人が多い。でもちゃんと気づいてくれて、無事ホテルに戻って来る。

第五日

摩周から釧路へ

翌朝七時からの朝食開始を食堂の前で待って、七時半のバスに乗る。朝霧のまだ晴れてない、もうおなじみの摩周駅―ホテル間の道をひた走る。乗客他になし。駅には足湯があった。足湯の朝風呂?もいいなと思ったが、ものすごく熱くて断念。まだ温度調節前だったか? 八時三六分摩周発。

この区間の釧網線は愉しみだった。かの釧路湿原のへりを通って行くのである。この有名な湿原は、生物の教員であった妻は前に学会のとき、当時北海道の大学生だった次男と来ているというし、私もちょっとだけ覗いたことがあるので、今回の桜旅でははずした。といっても、列車は湿原のへりは通るのである。磯分内、標茶、茅沼、塘路、細岡―。ホームから鶴が見えたり、近くに展望台があったりすることで知られる駅が続く。窓の景色は湿原というよりも、原野という感じ。季節によって「釧路湿原」という臨時駅がある。ビデオカメラを構えてねばっていた妻が、飛んでいる鶴を捉えるのに成功した。

一〇時釧路到着。荷物をホテル（ANA系）に置いてくる。これで身軽になる。

一一時一二分釧路発の快速ノサップで厚岸に向かう。五〇分ほどで着く。駅には満開の桜樹がもう数本見える。厚岸は太平洋に面した漁港のまち、厚岸湾とつながる厚岸湖を内陸側に抱く。湖は当然汽水湖だ。湖中に幾つかの島が浮かぶが、すべて牡蠣（カキ）の貝殻の堆積したものだという。アツケシという地名もアイヌ語の「カキのとれるところ」による。

また厚岸湖は道東海岸線における最大のオオハクチョウの越冬地だという。

列島最後の花見（厚岸 子野日（ねのひ）公園）

子野日公園では、満開の桜のもと、「桜・牡蠣まつり」が開かれていた。

平日だが、公園には多くの花見客が訪れ、賑やかだった。カキなどの魚介類を焼いて売っている店がテントを張っている。その他にも自分たちで焼く大きなコンロを貸し出しているテントがあり、グループがコンロを楽しそうに囲んでいる。私達も焼きガキを二回も店から運んで来て、芝生の上で堪能した。私はカキ飯のお握りまで食べた。酒こそ飲まなかったが、この日五月も半ば過ぎ、日本列島で多分今年**一番遅い花見（カラー口絵24）**を、地元民と一緒にしたわけだ。

その桜はオオヤマザクラ、チシマザクラをはじめ新品種の釧路八重など、一〇〇〇本以上あるというが、ちょっと見にはそんなにはありそうもない。敷地が奥深いのかもしれない。ただ桜の花の色が多彩で、多品種ということはよくわかる。お天気がいいから花がきれいだ。

しかし日本人のいわゆるお花見は、花などろくに見ない。花は単なる背景、口実だ。「うるさ型」の桜人である私は、だから花見にはあまり行かないが、まあたまにはよい。北海道の桜を見る旅に、一つくらいはこういうものがあってもよい。時といい、場所といい、忘れられない花見になった。

厚岸のもう一つの桜は、名刹国泰寺の桜である。子野日公園から厚岸駅までタクシーで戻り、途中このお寺を見学の間、待ってもらうことにする。

国泰寺は、蝦夷三官寺（徳川幕府が建立した三つの寺）の一つで、北方の国境防御と将軍家の安泰を祈願するために建立された。住職の身分は一〇万石の大名と同じだったという。寺門の扉に葵の御紋がついていた。ここには文化人を中心に桜をめでる伝統があったと思われ、境内にはその樹の下で、歌舞音曲の宴や漢詩を読み合う風流がおこなわれた「老桜樹」が現存する。ところがその「老桜樹」が見つからない――。

やっと幹の一部が青いシートに覆われた古木に気づいた。花はもう終わっている。しかし、よく見ると枯れ花の枝の先に、わずかに花が残っている。オオヤマザクラの気品のある花びらだ。この数輪の残り花こそは百数十年、この北の最果ての地で花を咲かせ続けて来た「老桜樹」の生命力の生き証人であった。時間切れで、この寺にもあるというチシマザクラの探索は諦める。

カキとウィスキーのマリアージュ ―村上春樹氏―

古い歴史のある厚岸だが、新しい魅力もアピールしようとしている。駅に置いてあったタウン誌に、シングルモルトウィスキーの蒸留所の開設が書いてあった。そして毎年ノーベル文学賞の候補に挙げられる作家の村上春樹氏の文章が紹介される。スコットランドはアイラ島への旅で、生ガキにシングルモルトをかけて食べる絶品を経験されたそうだ。今後は厚岸で、この生ガキとシングルモルトウィスキーのマリアージュが楽しめそうだというわけだ。

駅周辺の散策、釧路へ戻る車窓の眺めを通じて、厚岸には確かに桜が散在する風景が多い。もう一つ気付いたことは、厚岸の海はブルーが少し緑がかって見える。魅力的な色だ。車窓から線路の脇に鹿が三、四匹一瞬見えた。

釧路へ戻り、ホテルにチェック・イン、少しだけ昼寝する時間が出来た。今朝の早起きのお蔭である。窓の外は釧路川の河口が見える釧路港。あの屈斜路湖から流れ出ていた釧路川が、釧路湿原の中を流れてここで海へ注ぐのである。

今夜の夕食は、最後の晩餐。フレンチにしようということになって、ホテルに店の選択と予約を頼む。「オーディネール」（仏語で「いつものような」という意味だそうだ）という小さなレストランだった。その名のように、気取らない、しかしおいしいフレンチだった。土地のものを使う努力も感じる。久しぶりのワインもbon！こんな店が静岡にあったらと思う。

第六日

巨船とチシマザクラ

翌日、旅の終わり。朝目覚めると目の前の埠頭に大きな客船が入っている。このごろよくある客室が何層もある、高層ビルのような白い客船である。タラップから、豆粒のような人が降りて来る。船首の赤地に白い十字の国旗から、デンマーク船籍の船としれたが、乗せて来るのは中国人であろうか。

朝食後、妻はホテルの窓から見える海産物の土産物屋フィッシャーマンズ・ワーフに行き、私はこれも目の前の、巨船がいる埠頭に行く。厚岸では見られなかったチシマザクラと思われる桜樹を、至近の距離でみたいからだ。

チシマザクラはその名のとおり、千島列島を原産地とする桜で、本州も釧路、根室あたりまで来ないと見られない桜である。オオヤマザクラを見に来たのだから、見なくてもいいやと思っていたのだが、ここまで来ると見ておきたい。丈が低く、灌木のような樹形。花は小さく、可憐な白い桜である。

ホテルの窓から見当をつけたが、見たことがない品種なので自信はない。近くで見て確信を強めたが、確たる証拠がほしいと、近くのビルに駆け込んだ。「あそこの駐車場の縁に咲いている桜は、チシマザクラですか?」——。

女子事務員に替って出て来た中年の男子職員が「はい、**チシマザクラ（図12）**です」と断言してくれた。このビルは観光国際交流センターという名前であった。

図12　チシマザクラ

埠頭に停泊している客船は近くでみるとさすがに大きい。その巨船を見に、幼稚園（保育園？）の**園児たち（図13）**が、先生（保母さん？）に連れられて来ている。みんな赤い帽子をかぶっている。一枚シャッターを切ったが、出来上がったものを見ると、我ながらなかなかいい。船との対比が大きさと色との両方に出ている。子どもたちのそれぞれの自然なポーズも面白く、今回の旅で、桜以外を撮った写真としてはベストかもしれない。巨船の前のチシマザクラと可憐な子どもたちー。同じだ、と思った。

旅の終わりに

一三時四五分釧路発ANA七四二便に乗るべく、ホテルから歩いて三分の空港行きバス発着場へ行く。ANA系のホテルの特典である。

バスが釧路空港に入っても、まわりには桜があちこちに見える。色からオオヤマザクラと知れる。また来年の春まで、オオヤマザクラの見納めだ。

各地に見た桜たちを思い返す。あくまで青い空と、輝く雪山と、今を盛りと咲くオオヤマザクラ。この取り合わせは、幸福を絵に書いたような美しさであった。そしてそこに歴史の眼を加えるとき、過去の〈時間〉が立ち上がり、その美しさにある深さを与える。私はこの文章で、その美しさを、その美に触れたそのときどきの状況と感動を、何とか表現したかった。それが成功したとは全く思えない。でも読んでくださる方々が、少しでもその「文章空間」にリアリティを感じていただけたら、と思う。

図 13　巨船を見る園児たち

今回の旅がつつがなく終わろうとしていることが何よりも喜ばしい。このくらいの規模の旅ならまだまだ可能であることを、自分に証明できてうれしい。

さて次はどんな旅にでかけようか。

7　七八歳のニューヨーク！

（中学の）同期会ニュースに何か書けとの幹事さんのご依頼。同期会当日、近況として話したニューヨークの旅のことを書こう。この旅を思い立ったのは、現在駐在中の商社勤務の息子に「俺が居る間に一度来いよ」と言われたためである。親孝行をさせてやる？のも親のつとめで、子供の教育のため単身赴任中の彼の職・住環境を確認したい気持ちもあった。こんなある種の親心も七八歳という年齢故であろう。

これまでのニューヨーク

ニューヨークは、五回目である。長く外国語学部の責任者として、学生を送り込む留学や語学研修の制度の充実に学部の命運をかけたから、英米とスペインには何度も足を運んだ。アメリカには私の好きな美術館とメジャー・リーグ・ベースボールもあったから、全くの愉しみのためにのみ私的に行ったこともある。大学時代の友人真石君と前のヤンキースタジアムの最後の年に行った旅は、特に思い出深い。ベーブ・ルースやジョー・ディマジオのプレイしたＭＬＢの聖地とも言える球場で、ヤンキースとレッドソックスのゲームを三試合見たのである。

当時ニューヨーク在住の山口夫妻の所によく泊めてもらった。夫妻とは小学校・中学校を通じての友達だったし、奥さんの浩子さんとは、母親同士が昔の女学校友達でもあった。彼等の親切に甘えて、山口邸に前後三回も泊めてもらった。もっとも泊めてもらうのは二日と自ら決めていて、後はホテルに移った。誰もが行く所は自分で廻ったが、山口君には、ルーズベルト大統領の旧宅、カーネギーホール、浩子さんにはメトロポリタン美術館分館クロイスターズ、イェール大学など観光地ではない所に連れて行ってもらった。お蔭でかなりのニューヨーク通になれた。

新しいニューヨークと古いニューヨーク

今回初めて行ったのは、まず9.11の飛行機によるテロによって破壊され、約二八〇〇人が犠牲になった旧ワールド・トレード・センター跡地に作られた、**モニュメント（カラー口絵25）**である。二つの巨大なプールの中央に水底深く水が落ちて行く滝があり、縁（ふち）の黒い石には、犠牲者全員の名前が刻されている。ある名前の中の、Ａという文字のてっぺんの刻みに、**一輪の白いバラ**の、花だけが突き刺してあった。悲しみと怒りが感じられて心が痛かった。

ワールド・トレード・センターは二回行ったことがあり、両方ともてっぺんまで上った。ニューヨークの海上からマンハッタンを眺めたとき、林立するあまたのビルの中で、この**ツインタワー（カ**

ラーロ絵26）は何といっても印象深かった。あの眺めが永遠に失われたことは、単に物理的な欠落ではない。

もう一つは廃線になった高架鉄道の線路を遊歩道にした、人気のハイラインである。傍に繁る野の花を無造作に利用している。ハドソン川が古いレンガの昔の建物の間に見えて、いい景色だ。

しかし、新しいニューヨークよりも古いニューヨークの方に魅かれたというのが本音である。五番街の町並みには、ああまたニューヨークに来たという心地よさがあった。エンパイア・ステート・ビル、クライスラー・ビル、グランド・セントラル駅、山口君のオフィスがあったパンナム・ビル（今はメットライフ・ビル）などマンハッタンでも有名な、見覚えのある建物の姿・かたちが懐かしかった。エンパイアは初めてニューヨークに来たとき、エレベーターを二台乗り継いでてっぺんまで登った。文字どおりのお上りさんだった。クライスラーは何と言ってもウロコ状の尖塔が鮮烈だった。ニューヨーク摩天楼を代表するこの二つのビルは、一九三〇年代に出来ている。一九三八年、三九年に生まれた我々同期会メンバーと同時代を生きて来た存在なのである。

老いと一期一会

総じて今回強かったのは、新しいニューヨークより、古いニューヨークの方が好きだなという感じを初めとして、ああ、歳をとったなという感慨である。歩くのが自分で感じている以上に遅くなって、信号の切り替わりまでに交差点を渡れなかったり（もっともニューヨークは道路も広い）、時差ぼけや疲労の回復に日数がかかったり……。息子のオフィスもマンションもマンハッタンのミッドタウン内で、全期間同じエリアにいたのに道路や地下鉄の路線が頭に入らない（昔おぼえたものは忘れている）。南北に走るアベニューはMadison, Park, Lexingtonなどと、名前がついたものがあるからいいとして、直交する東西の道ストリートが入力できない。42ndSt. 43rdSt. 46thSt. などと数字の羅列である点がよくないのだ。たとえば東京の地下鉄の丸の内線、東西線などの名前、源氏物語の桐壺、夕顔などの巻の名が数字だけでしか言えないと想像してもらったら、その覚えにくさ、不便さがわかるかもしれない。だがこれは言い訳、頭の動きが鈍くなっているのだ。

食べ物についての興味・関心や、路上をすれ違う女性に見とれる？度合いも若い時と違って減退している。女性のことはさておき、食事もニューヨークベスト3の一つというレストランのフレンチ、若い女性に人気のサラベスというチェーン店のブランチ、グランド・セントラル駅の中の（有名なオイスター・バーではなく）ニューヨーカーで毎朝いっぱいのbreakfastエリアの朝食 等々試したが、今、思い出すのは、「○○○」という和食の店で食べた「おくらのおひたし」である。

聞きようによっては寂しい話だが、目新しさ、ものめずらしさ、流行などにばかり心を奪われるのではなく、自分の好みとペースで、長い命のあるものをじっくり眺め、味わうべきなのだろう。「一期一会」という言葉があるが、このごろ人だけでなく、場所や物に関しても「一期一会」を噛みしめるべきと思うようになった。この「場所」、この「もの」を今生の見納めと思ってみるべきであろう。ヤンキー・スタジアム、メトロポリタンのモネやセザンヌ、フリック・コレクションのフェルメールー。みんな今回そう思って眺めて来たつもりである。

機内からオーロラが見えた！

老年の海外旅行について、いわば悟りを得たご褒美であろうか、帰りの機内で、私は思いも掛けぬものを見ることが出来たのである。北極圏近くを飛ぶ飛行機の窓から、何とオーロラが見えた！刻々と色が変わる夕暮れの空の月や星の天体ショーを前に、ビデオカメラをいじっていた姿を覚えていてくれたキャビン・アテンダント（今はスチュワーデスとはいわないようだ）が、「今、オーロラが見えていますよ」と教えてくれたのである。

窓のシャッターは全部閉められ、機内の明かりも消えて、乗客は眠りに入っていく時間であった。シャッターを一つ開けて、邪魔な光が入らないように毛布をかぶり、窓に顔をくっつけて闇の中を凝視する。白いカーテンのようなオーロラだ。オーロラの端っこを飛行機は飛んでいるのであろう。カメラで撮ってみるが、特に感度が高いわけではないので、なかなか写らない。しかし帰国後、補正を重ねて、オーロラの姿を呼びおこすのに成功した。

この歳になっての海外は確かにシンドイ。だが引っ込み思案になることなく、飛び出して行くことが大切なのだろう。但し無理の無いスケジュールで、心身ともに余裕を持っていく必要がある。

フランスへも、もう一度行って来ようか。

（静大附属中学校　第六回卒業生同期会 会報　一部改稿）

8　夏の花束

―「わが人生」と「母」を想う―

庭の夾竹桃

わが家の庭の西南の隅に一本の**夾竹桃の樹（カラー口絵27）**がある。いわゆる株立ちであるから、ピンクの花を付けている夏には、何本もの木を束ねた花束のように見える。

夾竹桃の花期は長く、ひと夏咲いている。私が本を読んだり、ものを書いたりするとき、机の向こう側に見える庭の風景の中心は、夏はこの夾竹桃である。母の存世中は、母の居間の窓から見えていた樹であるし、もともとあった水落町の旧居に植えたのは母であったから、この夾竹桃を見ていると母を思い出す。

特に今年の夏、私は満八〇歳になり、平成最後の夏ということもあって、来し方を振り返ることが何かにつけて多かった。折しも中学校の同期会幹事から、全員にみんなが八〇歳になるこの年、「私の生きて来た道」他の題で文章を書いてほしい、同期会の傘寿記念号を出すから、という誠に時宜を得た依頼が寄せられた。

「わが人生」はどういうものであったか？ 何が「わが人生」をこのように規定したのか？ 自問する私が見つけた答えは、〈戦争〉であった。終戦前後の、幼年期の数年に起きたこと―。それがまちがいなく、その後の私の人生を作った。ピンポイント的にいうならば、ここでの母の二つの〈決断〉または〈行動〉が、結果として、大きな力を持ったのだ。

昭和二〇年という年

終戦の年、昭和二〇年、私たちの一家は現・中国の東北地方の旅順という所に住んでいた。当時、日露戦争の激戦地でもあった旅順と隣の大連は、関東州と呼ばれる日本の領土だった。父は旅順高校という日本人のための旧制高校の教授であった。後三カ月で終戦という二〇年五月、父のところに赤紙（召集礼状）が来た。この時父三十三歳。

出征の日の朝、隊列を組んで集団登校する国民学校（今の小学校）一年生の私を父は途中まで見送ってくれた。これが私と父の永遠の別れとなった。

その後の終戦、ソ連軍の占領、旅順の日本人の大連への強制移動など、厳しい戦後の約一八カ月を、早く日本へ帰れることを切望しつつ、私たちは過ごす。

大連への強制移動は、中国に旅順を軍港にしようという意図があったからだ。軍港には外国人は入れないというのは鉄則であった。移されたといっても、もともと大連に住んでいた日本人の家庭に押し込まれたのである。一軒の家に二、三世帯が暮し、敗戦によって国家も地方行政も会社も、すべての体制が覆り、給料を絶たれた人々はそれぞれ何かをして糊口をしのがねばならなかった。多くの日本人は家財を売った。しかし旅順から着の身着のまま移された者は、売るものがない。ある校長先生は、大八車に野菜を積んで売り歩く八百屋になったという話を聞いた記憶がある。母は進駐して来たソ連人が始めた漁網工場に女工として働いた。

日本人の学校は終戦後も細々と続いていたが、そのうち日本人の子どもが通学途中に中国人の子どもに石を投げられたり、ものを奪われたりすることが日常茶飯事となった。昨日までの支配者に対する憎しみが子どもにも広がっていったのだろう。学校はやがて閉鎖になった。

こうして学校にも行けず、母が働きに出る日中は、他人の家のひと間で、子どもたちだけで過ごさなければならなかった。冬は暖房がないので、家の中でも綿入れの防空頭巾をかぶっていた。おハつに母が用意しておいた、首が青いシナダイコンの生の輪切りを食べた。塩でも振られていたか。主食は、米などはもう全く見たこともなかった。食べるのは来る日も来る日も、コーリャンという赤い雑穀の雑炊だった。

そんな日々、後から思えば一筋の光ともいえる時間が私には生まれたのだ。食べるために自宅の本で貸本屋を開いた日本人がいて、母が毎日、本を借りてもいいと言ってくれたのだ。確か一日一冊、一円だった。雪の残る道を、一円を大事に握りしめて、毎日この貸本屋に通った。『宝島』『十五少年漂流記』など、子ども向きの本は四、五〇冊あっただろうが、すぐにすべてを借りてしまった。

（マンガの類いは全くなかった）。

それからは大人の本だった。昔の本は漢字すべてにルビを振ってあるものが多かったから、七、八歳の子どもでも読めた。昭和初期のオレンジ色の表紙の改造社版の文学全集だったと思うが、芥川龍之介、夏目漱石、武者小路実篤、菊池寛などには私にもおもしろく読めたものがあった。そのおもしろさの理解が的を射たものであったとは、到底言えない。菊池寛の『真珠夫人』は、読んだけれどよくわからなかった。恋愛小説なのにそんな場面はちんぷんかんぷんで、「腕時計のガラスが粉々に割れていた」という場面があったことだけを覚えている。一〇年ほど前にテレビの昼ドラマに『真珠夫人』が登場し、たまたま一、二回見て、こんな小説だったのかと五〇年後に知った。

しかし私は読書欲を強烈に植え付けられた。それは愉しみというよりも、いわば凝縮された生きることのすべてであった。ものを食べたい欲望と同じ本能であった。私は漢字をまったく自然に凄い量で覚えた。小学校一年の三学期と二年生の一年間を一日も学校に行けず、それでも日本に引き揚げてから年齢どおりの三年生に編入したが、同級生が漢字を知らないのに驚いた。漢字だけは中・高生レベルだったかもしれない。しかし健全な発達とは言えない。教科書がある科目は国語力がありさえすれば、教わらなくても何とかなったが、授業で身体で覚えなければならないものは全くお手上げであった。それは体育（特に鉄棒）と習字（書写）である。中学時代はその後遺症をひきずっていた。

少女小説『夾竹桃の花咲けば』

この貸本屋で読んだ本の中に、吉屋信子の『夾竹桃の花咲けば』という少女小説があった。少女小説は、とにかく活字に飢えていて、本なら何でもよかった当時の私が、本がないために仕方なく広げていった領域の一つだった。さすがにやや違和感があって続かなかったが、今も題名を覚えているのが『夾竹桃の花咲けば』であった。吉屋信子の少女小説にいかにも出て来そうな少年少女がいて、穏健な出来事に登場人物の喜怒哀楽が繰り広げられる。別離があって、来年あの「夾竹桃の花が咲いたら」また会えるというストーリーだったように思う。この一作だけを覚えていることを、強いて理由付けするならば、当時の私たち家族は、終戦の三カ月前に徴兵されて、満州とソ連の国境にいるにちがいない父の帰還を待っていたこと、そして私たちに限らず周りの日本人のすべてが、日本内地への邦人引き揚げを待ちわびていたこと、などの状況があって、無意識に「時を待つ」という心理に強く惹かれたのではないだろうか。

『夾竹桃の花咲けば』という本を思い出すと、私がそれに出会ったのは、困難な日々の中の、母の愛情と決断の御蔭であったことをあらためて思う。一日一円という金額の、その当時の負担がどの程度のものであったかは、今となってはわからない。しかし戦後の外地の厳しい状況の中で、食糧も充分に買えなかった貧しい女工の母親の、子どものための精一杯の出費であったことは確かだろう。その決断のお蔭で、学校に行けなくとも、私は本を読む力を得ることが出来た。これは

〝一生もの〟であった。

引き揚げの際の母の〈決断〉

つらい時を耐えて、一家は昭和二二年二月に母の実家静岡市に引き揚げて来た。この時、母は結果として、私の生涯に大きな力を持ったもう一つの〈決断〉をした。

実は出征の前日まで、国文学が専門であった父は『今鏡』という古典（有名ではないが、『大鏡』の姉妹編である。今後このやや地味な歴史物語が見直される時期が来ると信じる）の日本初の注釈書の原稿を書いていた。机に向う父の姿を私はずっと見ていた。この仕事を未完成のまま彼は戦場にかり出されたのだ。

引き揚げの集合の日の朝、母は唯一の財産であった前夜まで寝ていたふとんを中国人に売り、その代金で長く食べられなかった食糧を買い整えた。南京豆、黒パン、乾パンなどだった。引き揚げ途中の食糧は量も質も何ら保証されていないのだ。事実引き揚げ船（貨物船だった）の中の食事は、貧しいものだった。大ぜいが起居する船底の、たった一つ点いている裸電球の下で、粥のようなものの中にわずかに白い粒が混じっているお椀を覗きながら、大人たちが「米だ、米が入っている」と口々に喜んでいた姿を記憶している。

買い整えたこれらの、いわば非常食といっていい食糧を、母が古い帯地で応急に作った手製のかばんに入れて、私と妹が肩に背負った。私は八歳、妹は七歳だった。母は弟を背負わなければならなかった。この手製の布地のかばんの中に母は父の『今鏡』(注釈の未完)の原稿を入れたのである。内地へ必ず帰って来る父に、母はこれだけは持って帰ってやりたかったに違いない。

引揚げ船に乗船する前夜、私たちは大連埠頭のコンクリートの上で一夜を過ごした。大陸の真冬の一夜はきっと寒かったであろう。しかし子供心に内地へ帰れる喜びがあったためであろう、私はその寒さを感じた記憶がない。

私たちは母の実家に身を寄せ、その頃祖父がはじめた、私が生涯勤めた学園の創設の頃の校地の一隅で大きくなった。着の身着のままで持ち帰った父の原稿は、長らく祖父の篋底にあった。この原稿を持ち帰ったことを、自身も歴史学者であった祖父はわが事のように喜び、母をほめた。「お前が一人前になったら、完成させて立派な本にするんだな」—時々祖父は私にこう言った。

この原稿を完成させねばという責任感から、私は国文学を志したわけではない。父の専門ということから、国文学には親しみがあったことは事実である。中学三年生当時の私の愛読書は、西行法師の歌集『山家集』だった。思えばヘンな中学生だった。しかし心のどこかに父の原稿のことは常にあり、私を曲がりなりにも国文学者にしたのは、やはり前述の祖父の言葉だった気がする。

昭和五七年、私は六年かかって『今鏡全釈』を出版出来た。三〇年以上前の父の原稿は大半を書直さねばならなかった。人名などの注釈を始めとして、父の時代には容易にはわからなかったことが、史料の刊行、索引の充実などによって新たに分かって来たためである。私の継承は、まだ注釈が作られたことのない古典の注釈を作ろうという意志の継承だった。同じ仕事をしておられたライバルの研究者の方とは僅差で、「日本初の」という冠詞を私の方が戴いた。朝日新聞の全国版は、父親の完成できなかった仕事を、戦争遺児の息子が成し遂げた、と出版記念会を写真入りで大きく取り上げてくれた。

祖父が創設し、叔父たちが一生懸命にやっている学園に勤めたことは、いやおうなしに管理・運営の仕事をやらねばならず、研究に一〇〇パーセントの精力を傾注することは無理だった。しかし私はその選択に後悔はない。父の国文学を継承し、祖父の学園を受け継ぐことに、「俺の主体性や個性はどこにあるのか?」と悩み、事を初めて為して行く人にコンプレックスを感じたときも、なかったわけではない。だが、私はこう考えていくようになる。「事を初めて興すよりも、継承して発展させて行く仕事の方が、遥かに重要な仕事だ」――と。私の力などはその何十分の一にもならないが、お蔭で学園(最近法人名を常葉大学に変更)はともかく県下では最大の私学に成長した。

「戦争を知っているのに忘れている日本人」

母が最も切望した父の帰還は、三六年間待ち続けたが実現しなかった。父は私たちが大連で最初の冬を過ごしていたころ、シベリアに送られる直前の日本人捕虜収容所において、飢えと極寒で亡くなっていたのである。(その最期を今回私はあえて書かなかった。(『今鏡全釈』の「あとがき」に書き、これは『ミラノの雷』にも収録しているからである。) しかし長く生死不明のまま消息が知れず、その死亡が確認されたのは、戦後三六年が経った昭和五六年のことであった。それも政府の調査や外交折衝によって知れたというものではなく、たまたま父の最期を看取ってくれた弘前のIさんという方と、静岡の海野さんという女性が、北海道の観光馬車に乗り合わせたという偶然からわかったものだった。全くの民間レベルでの解決であった。母も、Iさんも関係当局（引揚局?復員局?）に照会したはずだが、どうしてそんなに長くわからなかったのか。

このことからも近年政権が言う、国民を守るための海外における自衛権の行使だの、憲法改正の必要などという話が所詮は国家権力側からの論理であることがわかる。国家は赤紙一枚で徴兵した一国民の運命などには責任を負わないのである。

自衛隊の海外での武力行使を条件付きであるにせよ可能にし、戦後日本の安全保障政策を大きく転換する安全保障関連法が先年成立したが、これは、夫を海外の戦場に取られ、その生還を待ち続けながら、ついに叶わなかった私の母のような女性を、国家は今後も確実に生み出すにちがいないことを語っている。夫とは限らない。息子や孫も……。

私が憂慮するのは、こういう安全保障関連法とか、戦前の治安維持法を思わせる共謀罪の設置などを繰り出す政権を、野党がだらしないからということもあるが、国民の半数が支持していることである。「いつか来た道」は現実味を帯びつつある。「戦争を知らない日本人」が増えて来たからかもしれないが、「戦争を知っているのに忘れている日本人」も多いのではないか。

終戦から七三年、庭の深い緑の中に、この夏も夾竹桃の花々が無心に咲いている。「夏の花束」は、志半ばで無念の思いを抱いて死んだであろう父と、その生還を待ち続けて叶わなかった母への、鎮魂の花束である。

（静大附属中学校　第六回卒業生同期会 会報　傘寿記念号　一部改稿）

9　佐野洋子さんのこと

二〇一一年一一月一一日の静岡新聞に、私は佐野洋子さんのことを書いた次のような文章を寄稿した。新聞にはスペースの制約があるので、途中省略をせざるを得ないところができたが、省略以前の原稿がある。（これは同じ年の中学校同期会会報に載せてもらった。（一部改稿あり））　まずそれを読んでいただこう。

洋子さん「一二歳のエッセイ」

一八〇万部を超えるロングセラー『一〇〇万回生きたねこ』や、ほのぼのとした『ねえ　とうさん』などの絵本作家であり、『ふつうがえらい』『シズコさん』などのエッセイでも広く知られた佐野洋子さんが世を去ってから、もうすぐ一年が経つ。

そんな時期に私は彼女の「一二歳のエッセイ」に六〇年ぶりに再会した。

六〇年前、彼女も私も静岡市立城内小学校（現・葵小）の六年生だった。毎学期出された文集に

（隣の又隣のクラスの子だった）彼女の「一週間」という作文を読んで、当時私は衝撃を受けた。それは他の級友や私の書く作文とは全く違っていた。こんな作文を書く子はどんなやつだろう？

その佐野洋子さんと中学校で一緒になった。面白い、ヘンな子だと思った。向うもそう思ったにちがいない。絵本作家として世に出た彼女が後年評判のエッセイストになったことは、私にとっては意外でも何でもなかった。あの「一週間」があったからである。しかし、その作文を載せた文集は、とっくに手元からなくなってしまっていた。記憶の中だけの存在だったのだ。

昨年一二月、東京で行なわれた洋子さんの「お別れの会」に、同期の田中泰子さんに誘われて出席した私は、帰途「一週間」を絶対に探し出そうと思った。自分のところを徹底的に探しなおすのはもちろん、あの文集を保存していそうな旧友の誰彼に頼んだ。しかし全然出て来なかった。無理もない。六〇年以上も経っているのだ。彼女と同じクラスの優等生で、もっとも望みを託していた、後年大学図書館司書になった女性のところにもないとわかったとき、私はほぼあきらめていた。

ところが六年生の担任のお一人であった中村敏郎先生（元・東豊田小校長）からお電話をいただいた。同期会のとき私の話を聞いて、ご自宅をくまなく探して物置か書斎から発掘？してくださったのである。昭和二六年一月発行の城内小学校六年生文集『躍進』は、戦後の劣悪な紙質のざら紙に謄写印刷をしたもので、バラバラに砕け散る寸前といった体のものであった。しかし、「一週間」はその中に六〇年前と同じ輝きを放っていた。個人的な感慨は別として、もはや私個人の旧友にとどまらない、佐野洋子さんの「一二歳のエッセイ」を紹介したい。

固有名詞をふくめて一切原文のままとする。

一週間　　　　　　　　　六年一組　　佐野洋子

月曜日　この日はいちばんねむい。日曜日に夜ふかししたためらしい。正子早く目をさます。べたべたはってきて顔をぴちゃぴちゃたたく。おぶってくれというさいそくだ。ふとんをかぶって、ねたまねをする。お母さんが「おきなさいよ」といってふとんをはぐ。おそいからごはんが少ししかたべられない。そのかわりにおべんとうにぎゅうぎゅうつめる。学校に行く時ふさ子ちゃんがかならず「今日きゅう食ある。ね、洋子ちゃん。……」三時間目にはおなかがすいてぎゅうぎゅうなる。五時間目は作文だけれどたいがいやらない。六時間目には、うちのとだなの「みかん」がこいしい。

火曜日　この日はあんまりねむくないがふとんから出るのがつらい。又お母さんにふとんをはがれる。ごはんのみそしるがまづい。いそいで学校に行くしたくをする。この日はよく弘史とけんかをする。「えんぴつがどうだ、カッパこうだ。」又ふさ子ちゃんが「きゅう食ある、ね、洋子ちゃん。」この日はいちばん授業が長いようだ。時々七時間もあるときがある。学校から松尾さんと帰る。ふじづるをつたって木からすーっとおりてくる。ゆかいゆかい。

水曜日　この日は学校に持って行くものが多い。お母さんが乞食のようだという。又ふさ子ちゃんが「ねー洋子ちゃん今日きゅう食あるー」と聞く。タカちゃんをむかえに行くと「今宿題やっているからさきに行っていて」という時がある。朝から宿題なんておよそよくない。さむいからとんでいく。さげているふろしきがじゃまになる。四時間だ。宿題がたいていある。ない日なんかとってもうれしい。習字に行く時ぶらんこにのる。この間あんまり高くあげたものだからおっこちそうになった。

木曜日　この日は水曜日よりもっとたくさん荷物がある。カバンにガバンにふろしきにえのぐ袋がある。一、二時間目は社会だ。あんまりすきでないがきらいでない。この次の時間は図画だ。佐野先生のクマみたいな手がきにかかる。図画はだいすきだ。図画のあとが理科なんだとうんといやだけどおべんとうだからうれしい。自由研究の時いつもえんぴつをけずる。ちっともおこられない。増本先生がニヤニヤしている。

金曜日　この日はカバンに入るものがたくさんある。三時間目のローマ字がいちばんいやだ。青島先生がいやだ。マリみたいな顔で声がヤミヤだ。ヤミヤというのは声が高いー音（ね）が高いー値が高いのでヤミヤだ。この日はきゅう食がおいしい。カリントンやオシルコ、サツマのてんぷらなのがある。この日も七時間になる時がある。

土曜日　この日はカバンに入るものが少ない。一、二時間が理科で反省会、体操となっている。この日の帰る時がいちばん楽しい。明日が日曜だ。明日はなにして遊ぼうか。だれとあそぼうか。だれのうちに行こうか。こんなことがいっぱいだ。だけど宿題がたくさんある。

日曜日　朝から絵をならいに大村先生の所に行く。午後からは習字。行くとちゅう七間町の洋服屋にかかっている　きれ　をなまい気にさわってみたり、クツ屋のウインドにおデコをくっつけて中をのぞいたり。先生の所に行ってスミをひっくりかえしたりする。帰りは本屋で立ちよみ。この間、谷島屋で一冊小女小説をよんでしまった。夜は宿題がたくさんたまっている。

如何であろうか。小学生のころ、すごい作文だと思ったが、どこがどうすごいか説明はできなかった。今読んでみてこの作文の魅力は次のようなところにあるのではないかと気づく。

まず「この日はこうだ」と各曜日の特徴を、一つに集約して簡潔に大胆に言い切るところだ。「この日（月曜日）はいちばんねむい」として、月曜日の、他にもあったかもしれない特性はすぱっと切って捨てる。そのために主題が鮮明に浮かび上がる。私は清少納言の「枕草子」と同じだと思った。「春は曙」―そういってその他の春の特性はもう言わない。この思い切りの良さが全体にくっきりとした印象とある快いリズムを生んでいる。一週間の日々をこんなふうに書くなんて、普通の子どもはそんな書き方は思いつかない。実はこの作文に再会するまで、私は「一週間」を作文ではなく詩であると記憶していた。「〇曜日はこうだ」という繰り返しがそう思わせていたのだろう。

もう一つ、佐野さんは童話や絵本のことばに多いリフレイン（繰り返し）の効果をもう知っている。ふさ子ちゃんというおそらくは隣の低学年の子の「今日きゅう食があるか」という質問は三回繰り返される。（なお若い人たちのために言っておくと、この時代の学校給食はいわば副食だけで、毎日あるわけではなかった）。このリフレインはふさ子ちゃんという子のリアリティを感じさせるだけでなく、昭和二〇年代という時代を―さらにいえば小学生の日常の繰り返しの単調さを（人生一般もそうかもしれない）―巧まずして語っているようにも思える。

だがそうした、文章の神様が彼女に与えたいわば天性の技巧以前のものとして、私はもっと本質的なことを感じた。それは彼女が生きて、何を見、何を感じ、それをどう書いたかというういわば〈生きる姿勢〉、〈書く姿勢〉である。姿勢というと意図的、意志的に過ぎる。もっと自然な、いわば〈態度〉である。佐野洋子さんは、日々の生活の中に、まわりのものに興味を持ち続ける。それに対する現実的な眼、行動。まわりに媚びないし、自分を飾らない。ありのままを本音で書く正直さ。鋭い人間観察。毒舌もあるが、ユーモアがあり、的を射ているから憎めない。この一二歳のときの文章には、その後の洋子さんがもう居る。彼女はこの作文を書いたように、一生あのエッセイを書き続けたのだ。この作文にも見られる自然な〈態度〉が結果として、人間や生きることの本質をえぐったのだ。

しかし、また私はこの「一週間」に書かれている、ふじのつるをすーっとつたって、高い木から「ゆかいゆかい」とおりてくる、屈託のない幼い洋子さんの姿も好きである。

（追記　文中の「ふさ子ちゃん」は、近所の低学年の子ではなく、彼女の八歳下の妹であろう。また月曜日の朝、顔をたたいて彼女を起こす「正子」ちゃんは、さらにその下の妹でこのとき一、二歳くらいの赤ちゃんだったか。佐野洋子さんは兄一人、弟三人、妹二人の七人きょうだいだったが、一九四〇年代の戦中戦後、兄と弟二人を亡くした。ただ一人残った弟が文中の喧嘩相手の「弘史」くんであろう。三歳下だった。）

中学生時代の洋子さんと私

さて、この新聞への寄稿の後、同じ級友の牧野（旧姓山下）明美さんに、中学生時代の洋子さんのことをくわしく聞く機会があった。その話は私にも関係したものであった。

小学校のときは、組も違ったから話をしたこともなかったが、中学校では一学年四クラス約一七〇名の学校で、毎年トランプをシャッフルするようにクラス替えをしたから、三年の間には、ほとんど全員を知った。一、二年は組が違ったが、三年で同じ組となり、お互いによく知り合ったと思う。といっても、昭和二十年代ころの中学生は、男子と女子の間柄は、互いに関心がありながら、親しく気軽に言葉をかわすというところまでは行かなかった。洋子さんと話をした記憶はない。

しかし、牧野さんによると、二人は私にたいへん関心を持ってくれたのだそうだ。お互いに美術部員だった二人は特に親しい友達だったという。（牧野さんは今も絵を描いている。猫の画家として知られ、日展にも何度も入選している。）

この関心の理由は、ひとえに私が他の男子とは変わっていたということであろう。私はスポーツを見るのは好きだったが、やるのは嫌い（つまり苦手で）、遠足に行った時など男子はサッカーなどに興じていたが私は仲間に入らず、こんなガキどもと一緒になるものか、という顔で、脇でひとり本を読んでいるという、今から思うと全くイヤミな子だった。

だが、当時の私をいささか弁護すると、私はそんなとき立派な読書をしていたわけではない。遠足なのだから、楽しい本を読もうという気はあったらしく、こういう時に持って行くのは推理小説とか、捕物帳だった。またそんなイヤミなやつだから、周りの男子たちから嫌われ、仲間はずれにされるということは全くなかった。仲間のレベルが高かったのだろう。みんな姓からくる愛称で呼び、親しみをもってくれた。特に私が秘かに自慢したいのは、やや乱暴者のイメージがあり、怖いと思われていたサッカーが得意な少年と、一対一のかなりの親交を結んだことである。後のことだが高校生になってからは、野球部の身体のでかい猛者と仲良くなり、この野球部員は登校の途中私を見かけると、かならず自分の自転車の荷台に乗せてくれた。

思うに、私はスポーツをするのは苦手でプレイヤーではなかったが、評論家ではあったのだ。こちらから、相手の得意な分野の話を話題にすることによって相手は親しみを感じてくれたのだ。洋子さんが、そういうところまで私の性向を理解して、関心をもってくれたのかはわからない。

もう一つ、洋子さんが私に関心をもってくれた理由は、私がまわりの少年たちに比べて少しばかり本を読む、いわば文学少年で、洋子さんも小さいときから本が好きな少女だったという共通点があったからかもしれない。彼女は「問題がありますす」の中で「私は一生の大半を活字を読んで来た」と書いているし、「あれも嫌い　これも好き」では「はいまわる子供をひもで自分とくくりつけて洗たくしながら、それでも何の趣味もない私は、本を読んでいた」と書いている。本好きは、東京大学文学部で東洋史を学び、かつては満鉄の調査部におられ、戦後は静岡高校などの世界史の先生だったという、父親佐野利一氏の影響ではなかったかと私は思う。彼女にとって本を読む人間は、それだけで興味の対象になったのだろう。

洋子さんの私への関心は、当時同じ美術部員で親しかった牧野さんと二人で共有したものだった。彼女たちは学校の図書館の貸し出しカードを調べて、私の借りた本をチェックしたという。この話は後年牧野さんから聞いたが、近年、洋子さん自身も初期のエッセイの中で書いていることを知った。まあ二人の少女の仲間意識を強めるかっこうの〈遊び〉になったということであろう。

そのころ私が図書館で借りていた本に何があったか、あまり思い出せない。多分濫読だったためだろう。吉川英治の『新・平家物語』が刊行中で、毎月出される次の巻の初借り出しを、一年下のOさんという女の子と毎回争ったことだけを覚えている。図書館では借りなかったが、古い岩波文庫の西行法師の家集『山家集』を持っていて、それが当時最大の私の愛読書であった。一五歳の少年としては、やはり変わっている。

このころのことを洋子さん自身が回想している一節が、後年彼女が牧野さんにあてた封書の年賀状の中にあって、最近私はそれを見せてもらった。

（ここで引用しようかと思ったが、この手紙は実に魅力的で、洋子さんらしさに満ち溢れているものである。些細なことを示すために一部だけを引用して終りにするにはもったいない。後で全文を読んでいただくことにしたい。）

まもなくやって来た**中学校卒業**（**図14**）に際して、全く記憶はないが、洋子さんのサイン帳に私が西行の歌を書いたことを、彼女は後のエッセイに書いてくれている。

私はこう書いているそうだ。

図14　中学校卒業の日の佐野洋子さん
（右は写真提供の牧野さん）

「大海のしほひて岩となるまでも君はかはらぬ君にましませ　西行」

西行の歌にしてはつまらない歌を書いたものである。

そして卒業直前だったか、卒業直後で別々の高校へ進学したころであったか、私は洋子さんから「思想の交換をしませんか」という手紙をもらったのである。

この手紙に私はうろたえた。女の子からそんな手紙をもらってうろたえるなんて、全く情けなくみっともないことだが、私達の時代の一五才の少年なんてそんなものだったのだ。ただ「文通しませんか」、ではなくて「思想の交換」といわれて怖じ気づいたのであろう。彼女の文章や読書に私が一目置いていたのは明らかであろう。

私は何の応答もしなかった。いやできなかったのである。何と返事をしたらいいか、考えたり迷ったりした記憶もない。ただ「うろたえている」うちに時が経ったとしかいいようがない。この出来ごとは、もし次のようなことがなかったら、不甲斐ないという思いと同時に、返事もせずに悪いことをしてしまったという後悔の念とともに思い出す、うれしくない記憶であり続けたであろう。

大学生時代—新婚のお宅を訪問—

東京で学生生活をしていたころ、私は洋子さんの新婚間もないお宅を訪問したのである。どうしてそういうことになったか、細かいことは覚えていないがおそらく昭和三七年（一九六二）のことであったと思う。その数年前から、中学時代の同級生がみんな成人して、それぞれ大学生や社会人になっていわば状況が落ち着き、クラス会がときどき開かれた。気の利くまとめ役が名簿を作ってくれたりして、洋子さんとの間に多分年賀状の交換があり、お誘いを受けたのだろう。

私は当時、洋子さんの父上が、かつて学ばれた同じ大学の、しかも同じ文学部の学生であった。後年思ったのは、私に会おうと思ってくれたのは、懐かしさ故であっただろうが、彼女にとって大きな存在であった父上の利一氏がおられたところに、私がいることに興味を持ったのかもしれない。洋子さんの生い立ちを知り、その回想を読んだりして、私は彼女の上に父親利一氏のかげが想像以上に大きいことを感じている。

当時の洋子さんの住居はどこだったか、何線の電車に乗って行ったか、私はどうしても思い出せない。「文藝別冊 追悼総特集 佐野洋子」所収の略年譜には、（結婚して）「モルタルアパートに暮らす」とあった。ただ手みやげに何を持って行こうかさんざん迷って、ロシアケーキを持って行ったことを、何故か覚えている。

このケーキがおいしかったという記憶はなく、そのしゃれた名前から選んだのだろう。

洋子さんはにこやかに私を迎えてくれた。奥の部屋からご主人の広瀬さんが出て来て、「お噂をかねがね伺っております」と丁寧に挨拶をしてくれて、たいへん恐縮した。洋子さんとの話題はお互いの今、やっていることで、私はそういえば大学での専門の勉強のことをよく聞かれたような気がする。会話は弾んで楽しいひとときであった。

この日、私は洋子さんの手料理をご馳走になった。しかし、料理の内容はさだかではない。どうも肝心のことは忘れてしまっているようで、はなはだ恥ずかしいが、何分五〇年以上の月日が経っているのだから仕方がない、お許しを乞う。

この訪問の後、洋子さんとの関係が親しく変化したということは残念ながらなかった。洋子さんはドイツに留学したり、お子さんが生まれたりして、密度の濃い時代だった。私もそれなりに忙しくなった。年賀状の交換もいつしか途絶えた。

いろいろ理由は挙げられるだろう。しかし決定的なことは、おそらく、私という人間に対する洋子さんの興味関心が薄れて行ったということであろう。変わったヘンな少年は、大人になるにつれて、面白くもない、ただの人になっていったのだ。

それはそれで、自然なことだ。個々の人生の軌道は、互いに接近するときもあるが、また遠ざかって行くのが常なのだ。しかし、一時でも互いに身近であったことを喜ぶ考え方もあろう。

あのころ、もっと大人で洋子さんといろいろなことを話すことができたら、どんなによかったか。

二人とも大陸育ち、引揚者という環境もあったのだから、共通の話題は沢山あったのに、と思う。しかしそんなことより、大人になった洋子さんといろいろな〈世間話〉をしたかった。後年エッセイに見せてくれた人間観察の鋭さ、正直さに溢れる、しかし根底にあった人間肯定のやさしさが感じられる、〈世間話〉を沢山聞きたかった。思想の「交換」でなく、一方的な「享受」でも結構、でも断られたかもしれない。彼女は人を甘やかす人ではなかった。

洋子さん「四二歳の年賀状」（牧野明美さん宛）

さて、最後に、お約束したとおり、洋子さんが中学時代の親友牧野明美さんにあてた手紙（年賀状）を紹介しよう。

洋子さんにこの手紙を引用させてもらうことを頼めないのは、まことに残念であるが、きっと「いいよ」と言ってくれるような気がする。この手紙を今日まで大事にして来た牧野さんにはお許しをいただいた。

消印が判読できないが、文中で洋子さんが「今年は四十二才になる」と書いていることから、昭和五五年（一九八〇）一月に書かれたものであることがわかる。

絵本作家としてすでに実績があり、二年前には最大の代表作『100万回生きたねこ』を出版している。エッセイは二年後の『私の猫たち許してほしい』が、初のエッセイ集であった。

封書の裏には、当時の住所（東京都調布市）と佐野洋子という差出人としての署名が、太っ腹でおおらかな洋子さんらしい、はっきりした大きな字で書かれている。これは四〇〇字詰原稿用紙二枚に書かれた本文も同じである。

明けましておめでとうございます。

年賀状ありがとう。毎年、元旦、今年こそは、年賀状を出そうと思いつつ、もう何年も過ぎてゆき、私は世間の人に見捨てられてしまうにちがいない、不義理程、恐しいものがない事はよくわかっているのです。

本当に年賀状ありがとう。

何だか、本当に中年になってしまったのよわたし。それなのに、ほら、中年だから、体をきたえましょうとやおら、マラソンをしたり、テニスに白いスカートからパンツ出して自転車に乗ったりする中年のおばさんを見て、「なーに、いい年してばかみたい、ようやるわ」と、寝っころがって、たばこふかして、いるだけだから、わたし誰よりも早く足腰が立たなくなって、口ばっか達者なひどいばばあになりそうで、でも、どうしても長生きしたいのよ。わたし。

山下さん〔引用者注　牧野さんの旧姓〕は、きっとすごくいい母、いい妻なんだろうなあと思って、もう、お子さんは、私達が海ちゃんに、清らかな心を捧げていたよりも大きいんじゃないかしら。

そんな風に人の一生って終ってしまい、ことに女の一生なんてそんなふうに終ってしまい、きっとそれでもいいのよね。私、台所はい回って、子供しかりとばして、間にそそくさと仕事して、ぶうぶう文句云って、それで終ってしまう一生でもいいんだとこのごろ思って、いろんなことあきらめて、そしたら、気が楽になって、別に楽しいことなくても、けっこういいもんだと思って今年は四十二才になるのです。

静岡に行くこともなくなって、時々清水の母の家に一泊してとんぼ帰りになってしまい、このごろ、しきりに、お堀や、葵文庫〔注 当時堀端にあった県立図書館〕のあたりや、ちょっと不良っぽかった村松君のこととか、城内〔注 洋子さん一家が住む教員住宅のあった旧駿府城内〕の夏の夕方,群れていた赤いとんぼや、クローバーの葉っぱふろしきにつつんでバスケットボールにしたことなんかがなつかしくて、静岡が、この地上でいちばんいいところだつた様な気がするのです。あなたも忙しいことでしょう。いつか閑になったら遊ぼうね。

牧野明美様　　佐野洋子

この手紙については、余分な言葉はいらない。

私たちの知っている魅力的な洋子さんが、ここにはいっぱい居る。

10　犬と猫の話（続　川は呼んでいる　―長尾川の風景―）

本稿は、75ページの「川は呼んでいる―長尾川の風景―」の続編である。構想としては初めからあったものの、文章を書く段になると大幅に遅れてしまった。執筆の時期が連続ではないので、別のエッセイとして扱う。

さて、長尾川の風景がなぜ犬と猫に関係があるのか？　それは土手を歩くと、飼い主に連れられて散歩している犬と、餌を与えに来る愛猫家を待つ野良猫をよく見たからである。（猫の方はこのごろあまり見なくなった。その理由は後で触れることになる。）

どっちが好き？

犬と猫のことで、まず話題になるのはどちらが好きか？　である。朝日新聞（土曜版 be）には、二者択一でどちらが好きかを読者に聞き、それをもとに作る欄が毎週あるが、ある回の「犬と猫、どっちが好き？」の結果は、犬と答えた人が67パーセント、猫と答えた人は33パーセントであった。

その理由の上位三つは、犬が「従順」「人なつこい」「忠実」であったのに対して、猫の上位三つは「かわいい」「自由気まま」「人にこびない」であった。（ちなみに犬の第四位は「かわいい」）。このアンケートは平成二七年（二〇一五）のものだから、近年の猫ブームで最近は猫が犬に肉薄しているはずだ。

アンケートはさらに犬はきらいという人にその理由を、猫はきらいという人にその理由を聞いている。それぞれ上位三つは、犬は「ほえる」「噛み付く」「路上で糞尿をする」、猫は「自分勝手」「爪でひっかく」「なつかない」であった。いずれもだれもが普通に想定するであろう理由で、意表をつくようなものはない。

恋占い

このアンケートで思い出したのが、私が若い頃、面白半分に女子短大生にやった「恋占い」である。今、彼女たちが好きな相手との仲がどうなるか、相性はどうか、占ってあげるというものであった。いくつかの質問をするのだが、そのポイントは、「あなたは犬と猫のどちらが好きか？」「（相手の男性は）どちらが好きか？」であった。これだけではすぐ種がわかってしまうので、「春と秋？」「海と山？」などというどうでもいいものを混ぜる。またそんな単純な二択ばかりではなく、「このごろ一番気になったニュースは？」「架空の人物（またはタレントで）一番好きなのは？」などというのも入れる。しかし肝心なのは「あなたは犬と猫のどっちが好きか？」だけである。

私の考えでは、「犬が好き」という女の子は、いうなれば善良な素直な子であって（反面複雑ではない）、相手に「（あなたが）好きだ、好きだ」と繰り返し言われると弱いタイプが多く、「猫が好き」の方は、屈折したところや小悪魔的なところが少しあって、恋は相手の心ではなく、自分の心の問題と考え、「（私が好きだから）突き進む」というタイプが多い。もとよりすべてがどっちかにぴったりあてはまるということはないだろう。しかし、恋愛における女の子の二つのタイプの本質を突いていることは確かで、そういう芯があれば、あとは可能性がありそうな「分析？」を加えてもいいだろうし、女の子の方でその性格がわかる思わぬ告白をすることもある。これは占いには最高資料である。

材料はひとりでに揃って行くようなところがあり、この「恋占い」はわりにあたるという評判が大分立ったらしいが、こちらは遊び感覚でやっているのに、本気にされると若干罪の意識？も出て来る。そんな次第であるときからやめてしまった。まあ若気の至りの行為で、今思うと恥ずかしい。しかし、占いのやり方などというものは、どんな占いもこれに似ている所があるのではないか。

長尾川は小型犬ばかり

思わず話が横道に逸れてしまったが、この犬と猫のどちらが好きか？というアンケート結果は、長尾川で見る現代の犬と猫の姿、そして彼等と現代の人間の関係を考える上で、示唆に富むたいへんおもしろいものだった。

まず犬で実感するのは、現代の飼い犬は小型犬ばかりになってしまったということである。私は犬の種類をこまかく覚えようという気はあまりないので、正確ではないかもしれないが、プードル、チワワ、ポメラニアン、シバイヌなどが多く、しかも大半が「お洋服」を着せられている。どれもこれもいかにも小物らしくちょこちょこと振るまっているが、これも散歩に来た大きな犬が、飼い主にしっかりとリードで保持されていると見るや、虚勢を張って吠えまくる。いかにも小物だ。そういう否定的な目で見ていることがわかるのか、あるとき傍に寄って来た小型犬に脛（すね）を噛まれた。ちょっとこいつ気に喰わないから少しだけ噛んでやろうかというのであろう。

こういう小型犬の増加は、飼い主の住宅事情や高齢化などによって（大きいのは散歩に連れて行くのもたいへんだ）、「お座敷犬」が増えて来たということの反映だろう。

日本人の「長寿化」のせい

しかし私はもう一つ、今の日本人の心性には、男女、年齢を問わず重要な変化があるのではないかと思い、それが小型犬の増加に影響していると思うのだ。それは一言で言えば、「日本人の幼稚化」ともいうべきものである。こんなことを言うと、我々を馬鹿にするなと総スカンを喰いそうだが、こういうことをいう私自身が、自分を「昔の年寄りはもっとしっかりした大人だったろう。今の自分は相当年を取ったくせに、何と幼稚なんだろう」としばしば思うのだ。

この全体の「幼稚化」は、ひとえに人間の寿命が長くなったからに他ならない。『源氏物語』の時代は、四〇歳になると長生きのお祝いをした。そういう時代の四〇歳と、現代の四〇歳を較べるならば、後者がはるかに幼いであろうことは議論の余地がない。

昔、専門の平安文学のある女流日記の一節を読み、一人の少年の女性についての大人びたセリフに驚いたことがある。彼は宮仕えの女房たちに「(私の経験からいうと) 女性は、やはり心の持ち方がむずかしいようですね」などと、女性を知り尽したようないっぱしのことを言うのである。彼は藤原道長の息子の頼通。(一〇円硬貨の裏に彫られている平等院鳳凰堂を後に建立した貴族である。) このとき満一六歳。ませているというか、老成しているが、現代の人間のように、長くは生きられなかった彼等は、精神的にも急いで成熟し、いわば死に急いでいったのだ。

あらゆる年代層の幼稚化により、現代においては、好ましく快いものはすべて「かわいい」という語で表わすようになった。現代の最高の褒め言葉は「かわいい」ではないかと思われるくらい、今は「かわいい」の全盛時代である。その意味は明らかに拡大してきているが、この言葉の本来は幼い子供などが子供らしい感覚で、愛らしいものに対して感動したとき、発せられる言葉ではなかったか。男女でいえば、女性の方が━さらに言えば若い女性の方が━その母性本能を触発されて、感じることが多い感覚だったたと言える。

それが現代では、むくつけきおじさんや世智にたけたおじいさんに至るまで、男性のすべてがいうのである。「家の犬がやはり一番かわいいね」、「家で飼うならやはりかわいい犬がいいな」などと——。

かくて（これは猫を含めてであるが）、ある人がいみじくも言ったように、昔の飼い犬、飼い猫と違って、今のペットたちは「うちの子」になったのである。

「俺も幼稚だな」と時に思う自分を棚にあげて、この世の中の「幼稚化」をある面苦々しく思う私は、折に触れて思うことがある。

子どもはともかく、もう一人前になった若者までが夢中になる、例えばファンタジー。これはたとえばハリー・ポッターなどに代表されるかもしれないが、もう少し現実に即した骨のある物語や小説やドキュメンタリーがあるではないか——と。アニメも似たようなものだ。それらを否定するつもりはない。しかし、心配性なおじいさんは思うのだ。「ファンタジーもアニメもいいだろう。しかしそれらを入り口にしたもっと奥に、もっと大人らしい確かな、上質のものがある。それなのに入り口だけで終わってしまうの？」——と。そして「これから三十年後、五十年後の日本はどうなってしまうのだろう？」と憂慮するのである。

またもや「犬と猫の話」が脱線してしまった。というよりも、日頃思うことをつい言ってしまった、ということだろう。

たまに魅力的な犬たち

だが長尾川の川岸には、この気難しい老人が見とれてしまうような、魅力的な犬たちも、たまにはいるのである。

例えばシベリアン・ハスキーとか、アラスカン・マラミュートなどの北方極地犬である。よく知っているなと思われるかもしれないが、こういう犬を連れて歩いている人には、躊躇なく聞くのである。「すばらしい犬ですね、何という種類ですか?」

彼等は男女を問わず、嬉しそうに答えてくれる。それはそうだろう、自慢の犬なのだ。シベリアン・ハスキーの方は、以前知人が飼っているという話を聞き、名前だけは知っていたが、アラスカン・マラミュートの方は初耳だった。アラスカのエスキモーのマラミュート族がそりを引かせる犬だそうだ。

両方とも毛並みが美しく、顔だちも精悍で凛々しい。全体として、たくましく見るからに野性的だ。そう、私が魅力を覚えるのは、野性の美なのだろう。こういう犬を連れている人間(飼い主)を見ると、私は一瞬尊敬してしまう。高価な犬を飼える(買える?)財力に対してではもちろんなく、こういう犬を飼いたいという美意識に対してである。

ただ気がかりなのは、こういう犬たちにとって、日本の気候はときに堪え難いだろうなということである。気のせいかもしれないが、彼等の活力が充分にはあらわれていない時がある。飼い主が彼等に適切な環境を与えていることを願わずにはいられない。

長尾川の猫

長尾川には猫はほとんどいない。犬と違って、猫の散歩はないからだ。あるとしたら、それは彼等自身の主体的な？行動であって、あの漱石先生の猫が、琴の師匠のところの美猫三毛子のところへでも行ってみようか、と出かけるものくらいだろう。猫はかつて屋内・屋外を自由に出入りしていたが（子どもの頃、我が家も猫を飼っていて、この猫は竈を据え付けてある台所の土間と屋外を繋ぐ「猫道」（一種のくぐり穴）を使っていた）、現代では多くの家猫が「完全室内飼育」である。今の我が家の近所で飼われている猫は、庭へ出るときは紐で繋がれている。

こんな状況だから、少し前、長尾川で見られる猫は野良猫だった。この野良猫に餌を与えるかどうかで、長尾川の土手では、一種の戦争？があったのである。

夕方になるとどこからか餌をもって、自転車で現れる夫婦があった。野良猫たちはその時間になると、土手に集まって来る。そして夫婦を待つのだ。

当然のことながら住民側からは懸念が出る。野良猫がこれ以上増えるのは困るのだ。彼等は土手のここかしこに張り紙を出した。「野良猫に餌を与えないで！」「私達は迷惑してます！」などなど。

しかし夫婦は無視して？夕方になるとあらわれ続けた。彼等と住民が口論している現場に出くわしたことも何回かある。さてどちらに軍配を上げるべきか？　だが、この戦争はいつの間にか休戦になった。察するに住民たちが、愛猫家の夫婦の言い分を一部理解し、折れたのであろう。自分たちも野良猫が増えることに危機を感じているが、こういう猫が不憫でしょうがない、だから避妊手術を自分たちがお金を出してやってもらい、ここへ戻している。しかし生かしてやったのに餌もなくては可哀想だし、責任もある、だからこうして毎日餌を持って来るのだ―と。

この休戦には、野良猫の増加や犬猫の殺処分を少しでも食い止めたい地域行政の仲裁とか関わりがもしかしたらあったかもしれない。その後張り紙はなくなり、野良猫の数も減った。これにはどんな策をとったかわからない。しかしいずれにしてもこの「長尾川の猫」の問題は、（犬も含めて）現代の避けては通れない都市問題の一つであることを語っている。

その深刻さが動物愛護の面からも一目瞭然わかる、あるデータをここで紹介しておこう。新聞記事の、切り裂き魔ではない、切り抜き魔の私がかつてスクラップしておいたものであるが、静岡県衛生課によると二〇一五年度に県内で殺処分にされた猫は、一、八三五匹。うち約八四パーセントが生後九〇日以内の子猫だという。

猫も〈野性〉が美しい

野良猫をめぐる対立は、現実の重さを感じさせるものであったが、もう一つこの事件を廻って、私は猫について、あらためてあることを強く実感した。それは猫も（犬と同様に）〈野性〉が美しいのだということである。
愛猫家が持って来てくれる食事を待つ猫たち、そして食後一休みしている猫たちの姿が実に美しくないのだ。けっこうみんな太っていて、日中の陽の名残が残っているのだろう土手のあたたかなコンクリートのノリ面に、腹をだして寝そべっている彼等の姿は、まさに飽食の図であった。まあ想像していただこうか、メタボみたいな猫たちを。

愛猫家が不憫がるように、確かにかわいそうな状況があったことは事実だろうから、やっとめぐりあった幸福をそんなふうにいうのは気の毒という気もするが、やはり醜いのである。

昔、家で飼っていため雌(めす)猫は、カッコよかった。黄色のとらねこだったが、敏捷で地にすれすれに飛ぶツバメにとびついて獲物にしたこともあった。ときどきバッタやとかげなどを持って来て困ったが、彼女はハンターのカッコ良さを持っていた。近所に猫さえ見れば、追いかける大きな犬がいたが（きっと幼いとき猫にいじめられ、それがトラウマになっていたのだろう）、あるときうちに弟か妹が拾って来て居着いたもう一匹の猫がこの犬に追いかけられた（当時は犬も多くは放し飼いだった）。そのとき彼女は、脇から犬にとびかかり、顔面を引っ掻き回し、近くにあった木に飛びつき、駆け登った。そのすばやさ、ジャンプ力は爽快であった。犬はキャンキャン悲鳴をあげて逃げ、彼女はしばらく木の上から降りて来なかった。さすがに興奮が静まらなかったのだろう。

彼女は雄猫たちにもてまくった。シーズンにはうちの廻りは雄猫だらけだった。その中で彼女は気に入ったヤツを選んだのであろう。

なんと昔の猫は、自然で野性そのものの生き方をしていたことか！　こういう猫には、〈生き物としての美しさ〉があった。

猫と人間をとりまく状況は大きく変わって来ている。猫を「かわいい」存在として、まさに「猫かわいがり」するのもいいだろう。しかし、時には彼等の魅力ある〈野性〉を引き出してやるような飼い方をしてほしいものだと思う。

猫の魅力の一つ「ネオテニー」

最近のＮＨＫテレビの人気番組「チコちゃんに叱られる！」に、「なぜ猫はニャーと鳴くの？」というのが出された。決めゼリフの後のチコちゃんの解答は「猫が鳴くのはそこに人がいるから」であった。専門家の先生の説明では、本来猫が鳴くのは子猫だけで、それも空腹や寂しさを母猫に訴えるときだけだった。それが人間に飼われるようになった一万年くらい前から、餌をくれる人間にアピールするために、おとなの猫も「ニャー」となくようになったと考えられるそうだ。

こういう幼いときの特徴が、成長したおとなになっても見られるのを、動物発生学用語でネオテニー（幼形成熟または幼態成熟）ということを知った。猫以外にもネオテニーの例はあるらしく、人間もそうだという説もある。（もしそうだとすると、これは動物発生学を横においた冗談だが）、現代の大人が子どものように「かわいい」を連発するのもネオテニーだということになる。

それはさておいて、たしかに猫は人間に対して、空腹を訴える時だけでなく、かまってほしいとき、甘えたいとき、「ニャー」と鳴いて寄って来る。これが飼い主にとって猫の魅力の一つになっていることは事実であろう。

前述のうちの雌猫も、家族がいなくて、私がひとりで勉強部屋にいるとき、私のそばに「ニャー」と鳴きながらすり寄って来ることがよくあった。後年、このことをＳＢＳ学苑の講座で「かつて私が飼っていた雌猫は、私と二人きりになると、態度がいつもと違った。猫は明らかに女性に似ている」と話したら、受講のおばさま方に大いに笑われた。

夕方の長尾川でも、土手の灌木の中から姿は見えず、「ニャー」と鳴き声だけが呼びかけて来る瞬間が幾度かあった。そばには私の他誰もいなかった。

長尾川の風景 ―結び―

正・続二編にわたって述べて来た長尾川の風景は、最近様変わりして来た感がある。気候変動のせいか、水の量が極端に変化するようになった。水があるときが少なくなり、鳥の姿がめっきり減った。彼岸花の列もひとときの勢いがない。カワセミももっと上流に行かないと見られないだろう。これは私のウォーキングの距離が減って来たせいもある。

一言で言えば、長尾川の風情が近頃減少して来たのである。

しかし、これからも「川が呼んでいる」声を、私は聞き取りたい。願わくは、**水をたたえた長尾川（図15―1及び2）**の声を――。よい季節になれば、きっと聞こえて来る。

図 15-1　桜の頃の水をたたえた長尾川
（奥に「瀬名乙女」が見える）

図 15-2　満水の長尾川

付

「遺影」を撮る

（日本エッセイストクラブ選『年間ベストエッセイ集』に採られたもの）

「そういえば、葬式のとき祭壇に飾ってある遺影には、あまりいい写真がないなあ」

「きっと慌てて、手近にある集合写真から引き伸ばしたりするんだろうな。妙にぼけていて精彩がないのがあるね」

このごろ年齢のせいか、葬儀・告別式に参列することが多いという話が出た、大学のクラス会の席上でのことである。

教養課程のときのクラスだったから、その後の進路はまちまちで、商事会社、メーカー、新聞社、テレビ局にいる者もあれば、大学教員、弁護士、参議院議員など、一応多士済々と言っておこう。旧交を温めるだけのクラス会ではなく、異業種の話を聞いて勉強しようではないかという趣旨で、十数年前から三カ月に一度ぐらいの割合で開いている。そろそろみんな定年で、全員がいわば人生の一区切りを付けつつあるといった年配の者である。

結局、次の会合で各々（めいめい）の、いい「遺影」を撮ろうではないかという話になり、マスコミにいる腕におぼえのK君がカメラマンを引き受けることになった。「遺影なんて縁起でもない」というやつが一人もいなかったのは、年齢的に絶妙のタイミングだったからだろう。遠い先のことだとはいえず、かといって深刻になるほど近くもないはずだ　多分、みんなそう思ったのだろう。

撮影当日の例会で、K君は、リポーターの話を聞いているメンバーの席から遠く離れて、われわれ一人ひとりの表情を望遠レンズでとらえてくれた。生き生きした、いかにもそいつらしい写真を撮りたいという思いからである。だれも自分がいつ撮られたか気が付かなかったに違いない。

この話には、かなり反響があった。

「それはいいなあ。私の父親の遺影は、急に亡くなったこともあって、ご多分に漏れず、集合写真の引き伸ばしだったんですよ。ぼんやりした写真で何の感慨もわいてこない代物でした。仏壇に飾ってあるのを見るたびに、何か違う、俺の覚えているおやじはこんなではなかったって思うんですよね」

ある人は、遠くを見る眼差（まなざ）しでこう呟（つぶや）いた。

「最近、古今亭志ん朝師匠の葬儀に行ったんだが、その遺影は素晴らしかったよ。芸人だからいい写真はたくさん撮ってあったと言ってしまえばそれまでだが、実ににこやかで実直な彼の人柄が出ていて、焼香する人に今にも語り掛けるような目だったなあ。噺家（はなしか）なのに和服姿ではなくソフト帽をかぶっていたけれど、しゃれっ気を出して本人が撮らせたのかもしれないね。遺影は本人からの最後のメッセージのようなものだから、やはり自分で好きな写真を用意しておくべきだと思ったね」

これはクラス会の幹事兼落語部会長のM君の言である。

M君とあらためて遺影の条件を考えてみた。まず、にこやかであること。いい遺影だと多くの人が感じるのは、明るい写真であろう。次にはその人の人柄がにじみ出ている表情をとらえたものであること。人間もある年齢になるとその本質が顔に表れる。自然に出たその人の良さを掬い上げた写真がいい。三つ目に、自然な表情との両立が難しいが、カメラ（参列者）に目を向けて語り掛けているのが理想であろう。

遺影を撮るということは、いわば〈死〉に向き合う行為である。本能的に〈死〉を恐れる生き物としての人間は、出来るだけ回避しておきたいことなのだ。そこで気の合った仲間同士で、冗談とも本気ともつかぬ形で撮ったりすることになる。しかし、遊び心もあったにせよ、今回「遺影」を撮ってみて感じたことがある。「遺影」を撮るのは確かに〈死〉に向き合うことだが、実はそれ以上に現在の〈生〉に向き合うことなのだ。日々の〈生〉を見つめ直すということであろうか。

ところで、K君が撮ってくれた私の「遺影」は　というと、自分では見たこともない、いい顔で笑っていた。

壷（つぼ）

（02年度『象が歩いた』（文藝春秋社）所収／初出「静岡新聞」夕刊
平成一三年一一月一六日）

男が好きなものは、その一生において動物、植物、鉱物の順に変わっていくという説がある。美術評論家で詩人の宗左近氏の本に書いてある。若い時の動物とは女性。中年以後の植物は桜とか植木。そして老年の鉱物は陶磁器なのだそうだ。もっとも最後の鉱物が、金の延べ棒だったり、メダル（勲章）だったりする人もいるようだ。私も鉱物の境地に達したらしく、宋の青磁、李朝の白磁などを無性に美しいと思うようになってきた。

やきものの愛し方には「作る」「使う」「見る」の三つがあるようで、それぞれの論者の主張がある。「作る」派は粘土をこねなくては問題にならないと言い、「使う」派は茶碗などの掌（て）に伝わる感触こそがやきものの命だと言う。私は造形のセンスはないし、茶事にも不案内、逸品をわが物として「使う」には〝先立つもの〟に先立たれている身、そこで必然的に「見る」派である。負け惜しみ?をいうならば、フランスの哲学者が「火炎の神の芸術」と言ったやきものの真の価値は、神が作りたもうたその〈美〉にあるので、作ったり使ったりするよりは、見ることがもっとも神の御心にかなうのだ。

私は「見る」上で壺を最上と考えるが、それは壺がそれだけで完結している小宇宙の美しさと深遠を感じさせるからだ。「壺中天」という言葉があり、古代の中国人は壺の中に壺公という仙人が棲んでいると考えていたそうだ。この壺の中の天地は決して閉ざされた空間ではない。仙人が飛翔する無限や永遠に通ずる時空なのだ。壺は人の心を異次元の別天地に誘う力を持っているような気がする。仙界とは限らない。人を自由闊達にする、すべてを超越した世界。

人間が骨になって、行きつく所は壺の中だというのも、象徴的なことに思われたりもするのである。

（05年度『片手の音』（文藝春秋社）所収 ／ 初出「静岡新聞」夕刊
エッセイコラム欄「窓辺」 平成一六年六月三日）

オキーフの梯子

「ジョージア・オキーフがほほえむと地球全体がひび割れする」―

二〇世紀アメリカで最も高名な女性画家オキーフを評したある写真家のことばである。彼は、オキーフをインディアンの住んだアリゾナやニューメキシコの壮絶な山々や砂漠の大自然を背景に撮したから、こんなことばが出て来たのだろう。このことばは、かつてオキーフ自身が「神がすべてを宙に投げ出し、それぞれ転がって行きたい所に行かせた、完全に気が狂っているとしか思えない風景」と言った、西部の大自然をさえも後ろに従えているオキーフの存在の強烈なインパクトを語っている。オキーフの存在のこの鮮烈さはいったいどこから来ているのだろう。

オキーフは後半生の約五十年間をニューメキシコ州のゴースト・ランチやアビキューの日干しレンガで作られた家をアトリエとして一人で住んだ。ニューヨークに残して来た夫の写真家スティーグリッツは、彼女がニューメキシコに来てまもなく亡くなっていた。時折訪れて数日逗留していく友人たちや、生活のサポートのために雇い入れるごく少数の人たちだけが、彼女のそばにいる人間であった。ここでの生活は、現代文明の恩恵とはほど遠いものだった。当初、電気はなく照明は石油ランプだった。電話は四十マイル離れた町まで行かなければならなかったし、彼女の家の郵便受けは二マイル離れた道端にあったという。

なぜオキーフはこういうところを選んだのか。物質文明を否定し、自然への回帰を主張するナチュラリストであったわけではない。彼女はひとえに〈孤独〉がほしかったのだ。この〈孤独〉は通常の意味の〈孤独〉とは違う。ひとりぼっちで寂しいという不幸な状況を表わすのではなく、何者にもわずらわされない〈自由〉が保証される至福の状況なのだ。

このような〈孤独〉を求めたわけは第一に自立心である。ウイスコンシンの農場に生まれて以来、もともと強かった彼女の自立心は、女性が絵を描くことなどは信じられなかった時代の、好奇の、そして否定的な目に抗してさらに強固なものになっていた。彼女は「女流」画家と言われることを拒否し、「ミセス・スティーグリッツ」と呼ぶ人があると、すぐに「私はジョージア・オキーフです」と訂正したという。第二にはある種の人間嫌いである。なかなか妥協をしない強い性格は人間関係をわずらわしいものと感じたに違いない。特に彼女を有名にした、キャンバスからはみ出るくらいにクローズアップした「花」の絵が、性的なイメージでとらえられたときの世の中の喧噪は、彼女をさらに人間嫌いにしたと思われる。

ゴースト・ランチやアビキューの生活はオキーフに〈孤独〉を満喫させた。さらにニューメキシコの広大な自然は、人間などは全く関係のない〈孤独〉の空間であった。ニューメキシコへ行ってまもないころ、スティーグリッツへの手紙の中で冒険仲間の友人と馬で遠出したときのことを報告して、オキーフはこの〈孤独〉に歓喜している。数千フィートの高さで切り立つ断崖とあたりの空は、深い静寂の中で、夕方の光に黄金色や赤や紫に染め上げられていく壮大な円形劇場だった。この光景の中に自分たちだけしかいないということが彼女を高ぶらせ、意気揚々たる気分にさせた。

彼女はまた日干しレンガの自宅の屋根の上に梯子で上って、大峡谷や空を見ることが好きだった。夜は寝袋を持って行ってそこで眠り、日の出とともにまず輝き出す遥か彼方の雪をかぶった山なみの景色に見惚れた。
ここで彼女は、強烈な色に咲く花、砂漠に散らばる動物の骨、時間とともに色を変える荘厳な山々など、生涯の画業を代表する見事な作品を精力的に描き続けた。これらの作品は何よりもオキーフのあふれる〈生命力〉を感じさせる。花たちは開こうとするエネルギーに満ち、動物の骨たちは〈死〉よりもむしろ彼等が生きていたときの〈生〉の輝きを語っている。オキーフの存在のインパクトは、まずこの強烈な〈生命力〉に負っているであろう。彼女は百歳まで生きると宣言し、九十代になってそれを百二十五歳に引き上げた。自分が死ぬことなど彼女は考えなかったのではないか。喜ばしい〈孤独〉がオキーフの〈生命力〉あふれる作品を生んだ。

オキーフの〈孤独〉は、彼女の存在がもつインパクトにもう一つの側面を与えている。それは隠者のように自らを隔離して生きる人間のカリスマ的な神秘性と、その人間が女性であることによる、いわば〈魔女〉性である。オキーフの作品は、抽象絵画とも言えないし具象絵画にも属さなかった。彼女はこの二つを区別せず、間を自由に行き来した。二十世紀のアメリカ絵画の二つの巨大なストリーム抽象表現主義とポップ・アートから自由であった彼女の作品は、それ故に二十世紀後半にあっても新鮮だったと言えよう。一九五八年にメトロポリタン美術館で開かれた「十四人のアメリカ〈巨匠〉展」に彼女は選ばれているし、七〇年の回顧展はニューヨーク・シカゴ・サンフランシスコを巡回した。ここでの彼女は孫ほどの若い世代に圧倒的な人気であったという。オキーフは、スティーグリッツの写真のモデルとして有名になったほどの、美しい骨格の人だった。年齢は、彼女の顔に彫りの深いある美しさを与えた。若い時は自分で作ったという白いキヤラコのブラウス、黒い上着、スカート、マントを中心とする地味な、しかし厳然とした姿は、「ヴォーグ」、「ライフ」などの雑誌に絵になる人物としてとり上げられたし、「ルック」誌は「時を超越した美人たち」の中に八十一歳の彼女を選んだ。

砂漠から拾った動物の骨を持って、裾の長い黒いドレスの姿で歩いているオキーフは、原地の住民たちだけではなく、ゴースト・ランチを訪れる観光客にも魔女のように思われたという。嫌悪や気味悪さからではなく、神秘性に魅かれてやまない彼等の畏敬の念からであっただろう。オキーフの方は年とともにますます気むずかしく、人間ぎらいになった。それは彼女が有名になり過ぎて人々の興味と関心の的となり、絵を描くための〈孤独〉がそこなわれたからである。

いくつかのエピソードがある。カウボーイたちに道を聞いて家に近づいて来た有名人目あての来訪者を、恐しい剣幕で一喝し、彼等に腰を抜かせた話、門をあけるとオキーフに会いたいと立っていた見知らぬ男に対して、「前面!」と大声でいい、後ろを向いて「裏面!」と叫び、もう一度向きをかえて「さよなら」といって戸をパタンと閉めたという話、等々。かつて「ジョージア・オキーフがほほえむと地球全体がひび割れする」と言った写真家は、この〈孤独〉で気むずかしい魔女の姿を、数十年も前に直感していたのである。

さて、オキーフの生涯の最大のキーワードである〈孤独〉は、死ぬまで喜ばしい〈孤独〉であったのだろうか。伝記作者が書いていることによればそうではなかったらしい。晩年の彼女は決して口にしなかったが視力が落ちていた。視野の一部が見えなくなったのである。砂漠でたった一人で老いていくことの悩みを彼女は感じていた。客があると、ぜひ泊まっていくように懇願した。しばらく助手をしてそばに居た人物がやめて去るときに、オキーフは涙を浮かべたという。彼女の生活を助け、やがてマネージャー的な役割を果たすようになった一人のハンサムな青年を彼女は重用した。オキーフの彼に対する態度から、世間には彼等は結婚したといううわさが立ち、中には青年の遺産ねらいの結婚だろうという説も出たという。この青年ハミルトンは、「オキーフにとって生めなかった息子のかわりだった。また自分がなれなかった男だった」という人もいる。最晩年の彼女にわれわれは普通の人を見て、少しほっとする。

しかし実は、これは彼女の最晩年になってからの変化というわけではなかったのではないか。ニューメキシコへ移ってからしばらくの間は別として、いつ頃からか彼女には普通の人のような、寂寥の〈孤独〉にさいなまれる時間があったに違いない。そして〈孤独〉をやり過す必要も。普通の人になっていった最晩年のオキーフをみると、私はそんな想像をしてしまうのだ。

私の想像はさらに飛躍する。オキーフが〈孤独〉をやり過すことができたのは、彼女が「梯子」を持っていたからではなかったか。この「梯子」は二つあった。現実の「梯子」と内面の「梯子」である。ニューメキシコのオキーフの二軒の住いには、両方とも〈彼女は冬と春はアビキューで、夏と秋はゴースト・ランチで過ごした）本当に「梯子」があった。（それがはっきりと写っている建物の写真が残っている。）オキーフはことあるごとにこの「梯子」で屋根に上り、満天の星を、日没を、日の出を仰ぎ、光と闇に包まれる周りの壮大な自然に感動した。この現実の「梯子」の〈孤独〉を忘れさせてくれる効用は明らかであろう。オキーフは視力が衰えた後も、「梯子」が何段あるか、あらかじめ確認して数えながら上ったという。

しかし、私がここでとりわけ言いたいのは、現実の「梯子」ではなくて、オキーフの内面に存在した「梯子」である。自分の存在場所からさらに高く、さらに遠くに自分を誘うもの—。その「梯子」を上って行くことがもっとも自分をして自分たらしめるもの—。この「梯子」があったからオキーフは、寂寥の〈孤独〉の中で生きていくことができたのではないか。

この「梯子」の隠喩は、オキーフだけにとどまらない。現代社会、あるいは未来社会は、普通の人に—男性も女性も、老いも若きも—その老後において、多かれ少なかれ〈孤独〉の中に生きることを強いるにちがいないのだ。そのとき、人は内面に「梯子」を持っているかどうかが問われる。これがオキーフのような絵を描くと言う「仕事」とは限らない。生きて行く上で、その人の根本において精神的な支えになるものであるならば、それは「趣味」「道楽」でもよければ、「思想」や「愛情」の類いでもよい。

オキーフの心の中の「梯子」があたかも描かれているかのような作品がある。画面の最上端には、天空高く、白い半月が輝いている。最下端にはオキーフが愛した「平頂山（メイサ）」をはじめとするニューメキシコの山なみの黒いシルエット。メイサから月に向かって、深い緑色の空に明るい色の「梯子」が浮かんでいる――。

「月への梯子」と題されたこの絵は、ふだんの力強いオキーフの絵とはかなり違う。静謐で、見る者をして瞑想にいざなうようなところがある。この美しいトルコ石色の空に浮かぶ「梯子」を心にやきつけて、我々はときに、自分の「梯子」は何だろうと考えてみる必要がありそうである。

参考文献　『オキーフ』　ジェフリー・ホグリフ　野中邦子訳　平凡社　一九九四年

（10年度『散歩とカツ丼』（文藝春秋社）所収　／　初出　常葉学園大学外国語学部誌「Albion」

平成二二年三月）

あとがき

本書は退職後の約一〇年間に書き溜めたエッセイのうち、先に出版した『文豪と京の「庭」「桜」』『授乳の聖母／セザンヌ夫人の不きげん』には生かせなかったものを集めたものである。すなわち読書、ウォーキング、旅、などの折々、私という人間が感じたり、考えたりした諸々のことを綴った雑文集である。しかし、それが「エッセイ集」というものの本来的な、ごく普通の姿かもしれない。

『夕暮れの風景』という書名は、いつの頃からか、私の中に生じたものである。退職に際してそれまでの文章などを集めた『ミラノの雷』という本を出したが、その装幀をお願いした同僚杉田達哉教授の個展で、「夕暮れ」という作品に出会った。一目で気に入ってすぐに求め毎日見ているうちに、次に『ミラノの雷』のようなエッセイ集を出す時は、この絵を表紙に使い、『夕暮れの風景』という題にしようと思うようになった。『ミラノの雷』の「試論」という作品と同じように、杉田作品の世界は、フィギュア化された人物とくっきりと図形化された建造物が、静謐でありながら精神の緊張を感じさせる「風景」になっている。私のエッセイもそういうものでありたいと思ったものである。

『夕暮れの風景』などというと、あるいは人は「人生の夕暮れ」をイメージし、寂寥、終末の予感、わびしさなどを連想するかもしれない。書いた時期はまぎれもなく「人生の夕暮れ」であり、私はそれを意識して、これらのエッセイを書いた。暗くなる直前の夕暮れの中にいる人間だから、感慨深く見ることが出来る「風景」があり、過去の記憶の中のものも夕暮れの光で見るが故に、つまり老年の「今」だから見える「風景」があるのだ。

しかし読んでいただくとわかるが、その「風景」が寂寥感などに充ちていることは全くなく、逆なのだ。この時期に初めて見ることができた〈美〉の風景、〈知〉の風景に私は熱く感動した。今まで行けなかった土地の桜、同じく見られなかった欧米の名画、昔読みたくて読めなかった厚い本の完読ー。それらは〈老い〉を生きるためのエネルギーの源であり、一つの生きがいでもあったのだ。その意味で、これは〈寂寥〉の風景などではなく、〈活力〉の風景、〈喜び〉の風景であった。

「夕暮れ」の過ごし方は、人によりさまざまであろう。これが最良という方法はない。肝心なのは、自分が「夕暮れ」を迎えたことを肯定的に捉え、喜び、その良さの中に浸りきることであろう。

昔、愛読した堀口大学という詩人に「夕ぐれの時はよい時」という詩がある。忘れられないリフレインが各聯のあいだに何度も繰返される。

「夕ぐれの時はよい時／かぎりなくやさしいひと時」……。本当にそうだと「今」思う。

私と同じように「夕暮れ」の中にいる人々。陽が少し傾き、これから「夕暮れ」を迎える人々。そういう読者諸兄諸姉に、ある男の「夕暮れ」の過ごし方の、良くも悪くもある一つの例としてご覧いただければ幸いである。

「悪い」と思うところは、特に最近書いたものが多い後半の各編の中に、老人らしい現代への悪口、憎まれ口が目立つかもしれないことだ。老人はもっと「かわいい」方が好かれるだろう。若者や歳は若くないが気持が若い人（失礼！）がもし読者の中におられたら、気を悪くする箇所があるかもしれない。そのときは若さの証拠である寛大な広い心で、お許しを願いたい。年寄りとは、いつの時代もこういうものなのだ。

並べたエッセイは書いた順ではない。ただ前半は退職から比較的近い時期に、二回の出版の合間に書いたもの、後半は最近数年間にものしたものだ。

巻頭の「信濃の桜」は、桜旅の記録であるとともに、（偉そうな言い方になるが）桜人を自認する私の、桜についての総論でもある。後半の「北海道 オオヤマザクラの旅」は、いわば各論の一つであるが、総論以後の「実り」があったかどうか。

「ブルゴーニュの食卓に誘われて」「白い輪郭」は、海外旅行の明るさを「昼間」の残光のようにとどめているものになった。「七八歳のニューヨーク！」は大分たそがれて来ている。

「ジーターと永井荷風」は、日々の机やパソコンの前での愉しみを、「川は呼んでいる」は、反対に屋外での愉しみ（苦しみの中に無理やり見つけたものもあるが）を書いた。「夕暮れ」を心地よく過ごすための私のやり方である。

この一編と次の「夏の花束」（母の思い出）「佐野洋子さんのこと」（中学生時代の級友の思い出）あたりから、書かでもがなの、きわめて個人的な記憶を思わず書いてしまった。読み直すと恥ずかしいが、書いてしまったのだから仕方がないと、今は開きなおっている。

巻末の「犬と猫の話」は、一番書くのに悪戦苦闘した。昔と今が混じり合い、いろいろ欲張って書き過ぎた感がある。読者の共感、反感も交錯するにちがいない。しかし、エッセイという比較的穏やかな、微温的なものには、時にこういう尖ったところがあるのもいいかもしれない。

なお巻末に「付」として、退職の記念に出した『ミラノの雷』から、現役時代に書いた三つのエッセイを再掲した。勤務先の大学関係者を中心にごく少数の人々にしか読んでいただいてない上に（すでに絶版になっている）、私のエッセイ修業時代の代表作？と言ってもいいかもしれないと思うからである。その後、進歩がなかったね、と言われそうである。

最後に本書を出版するにあたって、装幀・装画の労をとってくださった常葉大学造形学部杉田達哉教授、本作りとその流通についてご助言をいただいた静岡新聞社出版部長庄田達哉氏、半世紀にわたってお付き合いがあり、著者のわがままを心よく聞いてくれた㈱篠原印刷所に対して、あらためて深甚なる感謝の念を捧げたい。

令和元年　晩秋に

海野　泰男

著者略歴

海野 泰男（うんの　やすお）

1938年生まれ、静岡県出身。東京大学文学部国文学科卒業、同大学院国語国文学専攻修士課程修了。麻布高校、常葉短大を経て、1984年から常葉学園大学教授。外国語学部長として海外10大学との提携を実現し、留学制度を作る。2002年学長就任、2010年3月退任。同大学（現・常葉大学）名誉教授、法人名誉学長。専門領域は国文学、西洋絵画。

著書『授乳の聖母／セザンヌ夫人の不きげん』（文藝春秋企画出版部）、『文豪と京の「庭」「桜」』（集英社新書）、『ミラノの雷』（文藝春秋企画出版部）、『今鏡全釈』上・下（福武書店、パルトス社から復刻）、『王朝文学史』（共著、東京大学出版会）他。

社会活動　SBS静岡放送製作番組「ふるさと三国志」レポーター。SBS学苑・公民館の「王朝文学講座」講師。

エッセイ集　夕暮れの風景

2020年1月15日　初版第1刷発行

著者・発行者　海野 泰男（うんの やすお）

〒420-0911

静岡市葵区瀬名1丁目2－2

発売元　静岡新聞社

〒422-8033

静岡市駿河区登呂3－1－1

電話 054-284-1666

装幀・装画　杉田達哉

印刷・製本　株式会社篠原印刷所

ISBN978-4-7838-9996-9

Printed in Japan